高木仁三郎

鳥たちの舞うとき

目次

第1章

プロローグ

◎2000年5月16日『上越民報』

……「**工事車、ガケ下に転落大破**」

5月15日早朝、刀那郡国合村天楽地区のダム工事用取付道路傍の谷底に、大型トレーラー1台が転落大破したと通報があり、国合消防署では、運転していた柳川耕二さん(52)と助手席にいた2名を救助した。ともに全身を強く打撲していたものの、命に別状はなく、中篠町立総合病院で手当を受けている。国合署では回復を待って詳しい事情を聴取する予定。なお、トレーラーには、この工事用に特注された最新鋭の岩盤掘削機がつながれていたが、掘削機もかなりの損害を受けたもよう。

◎5月18日『上越民報』

……「**クレーン車も転落**」

15日大型トレーラー車転落のあったすぐ近くの谷底に、昨17日早朝には新鋭の大型クレーン車が転落しているのが発見された。クレーンは落下の衝撃で大破しているが、乗員は、運転手、助手2名の3名とも、奇跡的に一命をとりとめた。3名とも中篠町立総合病院に入院しているが、いずれも大きな何かにおびえているもようで、事故当時の情況が聴取できていない。しかし、2回の事故現場が近かったこと、ダム工事に必要な中枢新鋭機が大破したことなど、類似の状況があり、現場ダム工事関係者には不安がひろがっている。ダム工事には一部村民を中心とする根強い反対運動もあり、過去に反対派と工事関係者のあいだにトラブルもあったので、警察では、事故以外の線からも背後関係を探っている。

◎5月26日『上越民報』

………「**天楽谷、人身事故にエスカレート**」

5月25日国合村発、事故が天楽谷で3度繰り返された。しかも今度は、4名もの尊い人命が失われるという悲劇にエスカレートした。事故現場は、先週2度の工事車の転落のあった場所から1キロ近く登った地点で、工事関係者25人を乗せたマイクロバスが転落。事故にあった25人のうち、新光建設の安楽文夫さん(38)ら4人が全身を強く打って即死。ほかに4人が中篠町立総合病院に運ばれたが重体、他の人々も重軽傷を負って、中篠町内の病院に収容されている。警察では、負傷者全員の身元の確認を急いでいる。

なお、運転手の大場一郎さんは意識不明の重体のため、意識回復を待って警察では詳しい状況を聞く予定だが、居合わせた人たちの話では、突然視界が暗くなって、大場さんがハンドルを切りそこねたもよう。ただし現場はそれほど急カーブの所でなく、これまで事故も発生していない。また目撃者の証言にも混乱があり、詳しい解明は今後に待たれる。

15日、17日と続いた事故以降、現場天楽ダム作業員には不安がひろがり、工事総括責任会社の須賀建設は1週間の工事中断をしてようすをみたのち、工事を再開したところだった。国合警察では一連の事故の関連性と、ダム計画をめぐる反対派と推進派のトラブルの経緯を重視して「天楽谷連続交通事故特別捜査本部」を警察署内に設置して、事故原因の本格解明に乗り出した。

◎5月27日『上越民報』解説記事(一瓶耕助記者署名記事)

……………**「天楽谷戦争?」**

天楽谷の25日の事故で中篠総合病院に入院していた負傷者のうち、さらに2名が死亡して、天楽ダム工事関係の事故死者は6人と、最悪の事態となった。

現在までのところ、3つの事故を直接に結びつける原因は判明していないが、10日足らずのうちに同じ工事に関連して隣接した場所で3件の交通事故が続発したことで、無関係に起こった「事故」として処理するには疑問も多く、現地ではさまざまな噂や憶測もとびかっている。

工事総括責任会社である須賀建設（本社高月市中町、須賀恵太社長）は、最初の2回までの事故は偶然に連発した交通事故として処理しようとしたが、当時から現場の作業員のあいだでは、たんなる事故とみない見方が強かった。

警察は目撃者の談話を公表していないが、最初の15日の事故車の助手席にいたAさんが記者の取材に応じて語ったところによれば、事故にあったトレーラーは最新鋭の岩盤掘削機を積んでおり、大型車のため、他の車との接触等をさけるべく、交通量の少ない早朝4時に中篠町の須賀建設駐車場を出発。工事専用道路に入ったのは5時前のことで、先導車1台をつけた速度を抑えた慎重な輸送だった。ところが、事故現場近くのS字カーブを曲がろうとしたところ、目の前のフロントガラスが突然真っ暗になって視界がおおわれ、Aさんにも一瞬何が起こったか分からなくなったという。気づいたときには、車のフロント部分は10数メートル下のやや平たい岩の上に落下して止まったが、トレーラーに固定してあったはずの掘削機は振り落とされて、約300メートル下の谷に転落大破したという。

視界を突然ふさいだ黒いものについては、人為的に布等でなされたものか、木の葉がおおいかぶさったものか、Aさん、もうひとりの助手席にいたBさんも明言していない。また黒い布・木の葉等も現場に残されていない。柳川運転手は、意識はだいぶ回復しつつあるが、事故当時のことについてはまだ恐怖感にさいなまれていて、ただ「カラスが、カラスが」とうわごとのように言うのみであとは口を閉ざしている。

ただし先導車に乗っていた3人の作業員は、いずれもおおぜいのカラスが現場付近で騒いでいたと証言している。同じような証言は、2回目の17日の事故に関してもおこなわれていて、やはりおびただしい数のカラスが現場付近の谷で騒いでいたと言われる。

この情報に敏感に反応したのは、現場作業員と国合村本村住民で、「カラスが工事の邪魔をした」と、地元猟友会を中心に「カラス被害自警団」を組織し、5月20日と21日の土日にかけて、40人を動員して事故現場付近に散弾銃をもって入り、付近で100羽近くカラスを射殺した。工事が再開された25日に、これまでとは違って、工事車でなく作業員の搬送車がねらわれたのは、その報復との見方も本村住民サイドには強い。

記者は訴える。事実関係もはっきりせぬままに、事故を「カラスの陰謀」とした工事関係者と一部住民の感情的な行為で、事態が一挙に「天楽谷人・カラス戦争」の構図を呈してきたことはまちがいない。記者はこのさい、関係者がこれ以上、感情的にエキサイトし、事態を紛糾させないよう自重することを強く望む。

最初の2つの事故にカラスが関与したのかどうかはまったく明らかでないが、3度目の事故が「自警団」によるカラス100羽の射殺に対する報復とみなされれば、さらなる報復合戦も予測され、この天楽谷ダム工事強行のゆがんだ歴史全体に、ことが波及してゆく可能性がある。

ここはまず、冷静な警察の捜査を希望するとともに、ダム工事の是非論についても、天楽地区住民の合意が未だに得られていないこともあり、いったん工事を凍結して計画全体を見直すだけの慎重さが、建設省と県には期待される。そこまで徹底して今度の事件を見直さないと、ことの本質を見逃し、やがてより大きな悲劇を生むことになろう。この計画の最初から経過を追い続けてきた記者には、今度の一連の「事故」の背景にひそむ複雑な事情が痛感され、これを機に、関係者一同が虚心坦懐にもつれた糸のひとつひとつを解きほぐす努力を重ねるよう、願ってやまない。

◎6月6日『上越民報』

………「**人・カラス戦争全面化**」

天楽谷の事故を契機とした人とカラスの戦争は、さらに全面化し、最悪の事態となった。6月4日の日曜日に、国合村本村の猟友会の呼びかけで集合した「自警団」のメンバー50人は、手に手に猟銃、エアガンなどを持って集合し、昼過ぎから天楽谷一帯から天楽平にいたる斜面に営巣するカラスを二手に分かれて東西からはさむように襲撃、2000羽とも3000羽とも言われるハシボソカラスの多くは、事前に察知して、クワッ、クワッと鋭い警戒音を発して北側台地方面の森に避難したが、主に子ガラスは逃げ遅れ、撃ち落とされた数は100羽近くにのぼるとみられる。

　事件はこれで収まらず、さらに翌5日の月曜日、猟友会中心メンバーにカラスの復讐とみられる負傷者があいついだ。猟友会副会長の櫛原年雄（58）さんは、国合村農協の専務理事だが、朝6時すぎ農協へと自転車を走らせる途中、カラス数羽の襲撃に合い、頭や眼、腕などにけがをした。命に別状はない。ほかにも、国合村本村住民に同様の負傷者が出たが、いずれもこれらは、5日の狙撃に加わった人たちだった。国合村役場は、本村住民に自動車で連れ立って移動するよう呼びかけ、警戒をうながしているが、猟友会会長横屋賢作氏（70）（国合観光協会会長）は、「カラスたちをけしかけているのは、ダム反対の天楽谷住民で、近日中にも彼らを告発する」と語った。

◎6月15日『上越民報』

……「**反対派に逮捕者**」

中篠署に設置された「天楽谷連続交通事故・カラス被害合同捜査本部」は、国合村一部住民の告発にもとづいて、事件と天楽谷住民のダム反対運動、およびカラスへの影響力をもつとされる者たちの関係を調査し、14日、天楽谷住民のS容疑者を別件の自転車窃盗の疑いで逮捕した。カラスの人間襲撃に関係したか、本格的な調査をおこなう見込み。

◎6月17日『上越民報』

……「**共生会強制捜査**」

中篠署に設置されている「天楽谷連続交通事故・カラス被害合同捜査本部」は、14日逮捕されたS容疑者の供述にもとづき、天楽共生会事務所、同教務所など5カ所を一斉強制捜査のうえ、5000点におよぶ物件を押収した。一部住民と小競り合いがあったが、大きな混乱はなかった。

◎6月30日『上越民報』

………「**相楽容疑者を再逮捕**」

昨29日、「天楽谷連続交通事故・カラス被害合同捜査本部」は、先に窃盗容疑で逮捕した相楽惣一容疑者(48)を、6月5日のカラスによる人間襲撃事件に、投石などにより加担した傷害罪容疑で再逮捕した。ダム推進派からは、カラスを教唆・訓練したのは、天楽地区元区長平嘉平(たいら・かへい)氏であるとして、同氏への告発状が出されているが、捜査本部ではさらに事実関係を解明する必要があるとみて、相楽容疑者を取り調べる方針。

◎7月21日『上越民報』

………「**相楽容疑者送検**」

中篠署に置かれた「天楽谷連続交通事故・カラス被害合同捜査本部」は、先に逮捕した相楽容疑者の6月5日国合村でのカラスによる人間襲撃事件への加担の容疑が固まったとみて、傷害罪容疑でM地検に送検した。同時に、弁護団側から出されていた保釈請求は却下された。なお、警察の事情に詳しい筋によれば、この一連の動きによって、「本命」平嘉平氏の逮捕・起訴は時間の問題となったとみられている。

◎8月3日『上越民報』

………「**長逮捕**」

中篠署に置かれた「天楽谷連続交通事故・カラス被害合同捜査本部」は、同事件の関連で先に相楽惣一容疑者を傷害容疑で起訴したが、同容疑者の供述、押収書類等から十分裏づけられたとして、カラスの教唆・訓練役の首謀者として、天楽地区元区長の通称「長（おさ）」こと平嘉平（80）容疑者を、傷害致死罪で逮捕するとともに、天楽共生会館本部、平容疑者自宅など4カ所に強制捜査に入り、証拠品300点余りを押収した。なお、G県警は事件を重視して、本部を高月署内に移し名称も「天楽ダム・カラス被害特別捜査本部」とした。

なお、直接に実行行為に関係していない平嘉平容疑者をカラスの教唆・訓練による傷害また殺人の実行犯として立件することについては、各方面から疑義が出されている。地元では、天楽谷共生会を中心に、「平氏の釈放を求める会」（平才治代表）が直ちに結成され、平嘉平氏の幅広い交友関係に呼びかけて、平容疑者の釈放を要求していく方針を確認した。平容疑者は、1950年代にドイツに留学、その後ドイツのエコロジー思想の影響を受けて、自由、共生、自律を旗印として共生会を創設、天楽谷地方だけでなく全国に広い支持者がいる。また、モーツアルト音楽の愛好家としても知られ、天楽平にコンサートホールを建て、毎年モーツアルト音楽祭を催しており、天楽谷温泉が観光地として成功したのも、この音楽祭の成功によるところが大きいと言われている。同氏の逮捕は、国際的にも反響を呼ぶ可能性が大きい。

◎8月12日『毎朝新聞』

………**「論点」欄への上越民報二瓶耕助氏投稿**

現在、G県刀那郡の天楽ダム工事に関連するカラスのからんだとみられる傷害事件が、天楽地区元区長平嘉平氏の逮捕にまで発展して話題を呼んでいる。筆者は、10年前のダム工事計画の発表時から一貫して事態の推移に注目し、その報道にかかわってきた一地方紙の記者である。その立場から今回の平氏の逮捕は、いかにも根拠のうすい無理な逮捕であり、このままさらに事態が進めば、平氏の逮捕・起訴など官憲の介入によって紛争は収まるどころか、いっそう悲惨な流血の惨事が予想されるので、平氏の即刻釈放を前提として、話し合いによって事態が収拾されることを切に訴えたい。

今日にいたる経過を一応説明しておくと、天楽谷・天楽平一帯にダムと揚水発電所を建設しようとする計画は建設省とG県当局によって、1990年以来進められてきた。天楽地区の属する国合村本村は当初からこの計画に賛成してきたが、当の天楽地区は全戸をあげての反対で、認可されたものの計画はいったんは暗礁に乗りあげた。ところが、1998年に須賀恵三氏がG県知事に当選すると、ダム工事推進への強行姿勢をかため、天楽地区住民の合意のないままに、99年末に着工された。現在までは、天楽地区住民の所属に帰さない天川西沿いの渓谷一帯の工事が進められているが、近々、天楽地区の強制収用も噂され、しだいに緊張が高まっていた矢先だった。

ダム工事をめぐって、国合村本村住民と天楽地区住民が賛否の両極に2分された背景には、歴史的な経緯もあると考えられる。天楽地区は、元来平家の落人の部落で、谷間の温泉とともに天楽平の桑畑を利用した独特の養蚕技術で栄えてきたのに対して、本村地区は水田を中心とする農業以外これといった産業がなく、両者のあいだにやや経済的な格差が生じていた。戦後の養蚕業の不況時代に、平嘉平氏は自由、共生、自律を掲げた共同体経営によって、良質の蚕糸業を守りとおすとともに「モーツアルトの里」構想を発展させ、公会堂を建設すると天楽平一帯を大音楽センターとして成功させ、毎年春秋2回のモーツアルト音楽祭に内外の著名な演奏家を招待して、一躍全国からの音楽愛好家の観光客を増やし、「商売上手」とも言われる才覚を発揮した。

時流に遅れた本村住民がダムを誘致して地域振興をはかろうとしたのにも無

理からぬ事情もある。ここに見られたのは、戦後日本のいくつかの地域に共通の図式であり、それゆえに筆者はなるべく公平中立に両者の言い分や、事態の推移を報道することにつとめてきた。

ダム工事によって水没し、家を追われる住民の出る計画が、住民の合意のないまま強行されようとする現在の事態は、異常なことであり紛糾を招くばかりである。ダム工事の正当性とされる利水・治水および電源安定などは、現状では切迫した問題ではなく、いわば国家百年の計に類する問題で、今後十分な話し合いが継続されることが期待される。

それがこのような切迫した展開になったのは、建設事業に期待する地元の声が強かったためであるが、交通事故の続発や「人・カラス戦争」にまでエスカレートしたのは、関係者も予期せぬことだったろう。これらの事故の直接の原因は、十分な調査がおこなわれないと軽々に判断は下せないが、右のような複雑な歴史的背景がからんでいることに疑いの余地はなく、そのいっさいを平容疑者の「カラス煽動」に結びつけて解決するのは、いかにも無理であろう。

ここは警察、検察だけでなく、関係者すべてが冷静になって、もう一度根本に戻って計画全体を見直すべきときではないだろうか。そのような冷静さを取り戻すためにも、平氏は即刻釈放されるよう関係者の配慮をうながしたい。

◎8月23日『上越民報』

……………「**長送検**」

高月警察署は、天楽ダム・カラス被害事件の主犯として逮捕した平嘉平氏を、押収した書類、相楽容疑者の供述から容疑は固まったとみて、G地検に送検した。容疑は威力業務妨害罪および傷害致死罪および同未遂である。

第2章

誘いこまれる

目の前に巨大な海があった。あーっ溺《おぼ》れる。自分はたしか列車に乗っていたはずだが、列車ごと放り出されたのだろうか。周りじゅうが水だらけだった。ものすごい寒さを感じた。ぶるぶるぶるっと全身が震える。だんだん全身が沈んでいく。息が苦しくなって、わぁーもうだめだ、と思った瞬間、ふっと誰かに肩を叩かれて眼をさました。

通路をはさんだ席に五〇がらみの男が座っていた。やはり浩平は新幹線のなかであった。しばらくのあいだ呆然《ぼうぜん》として、前後の脈絡がまったく思い出せなかった。

夢だった。疲れて深い眠りに落ち込んだときには、水に溺れながらもがき苦しむように覚めることがよくあった。子どものころ、溺れそうになった夢が強烈で、いったん死んだかと思って気がついたら意識を回復していた。そんな原体験をいまだにひきずっている。水底からよみがえるには時間がかかる。無限につづくかと思われるぼうっとしたあいだじゅう、となりの男は私を見ていた。だんだんと視点が定まり、一日の経緯も思い出してきた。

その日は九月の初めで、東北の森の都仙台市でおこなわれた裁判の帰りであった。原子力発電所の認可取り消しの行政訴訟で、住人の側からの証人として呼ばれた三回目の法廷が午後三時前には閉廷した。午前中に弁護側からの主尋《じん》問《もん》が終わり、午後、型どおりの反対尋問が国(被告)側からなされた。短い反対尋問だが、例によって非常にいやらしく、「証人は大学教師も今は辞め、原発関係の一NPOをやっているそうですが」と始まり、そのNPOのささやかな活動について揚げ足取りのような質問がいくつかつづいて、それで終わりであった。本論にかかわるような質問はいっさいなかった。かつての私自身の「○○大学教授」という肩書きがあれば受けないであろうような、えげつない尋問ぶりに消耗したが、いつものことだった。

本筋から離れた尋問のくだらなさに浩平以上に消耗したのは、地元の原告団であった。彼らは仙台市から遠くない漁村にあるO原発の認可取り消しを求めて国と争っていた。浩平が頼まれたのは、原告側の証人尋問の冒頭の総論部分だった。総論といっても三回にわたっておこなわれ、先の二回はかなり原子力技術の細部におよんで問題点を指摘したが、第三回目は原子力技術が非常に巨大なるがゆえに人間と自然界に対して支配的な力をふるうことを強調した。

原発の是非を問う以前に、原発という巨大システムの本質を問題にした。ひとつの原発の建設は、その他の選択肢をすべて圧殺してしまう。漁民が漁業をする権利や、他の手段によって生活をする可能性もつぶしてしまう。巨大な資本が投入され、地域経済も支配される。電力産業が基幹になり、すべてエネルギーが電力によって支配されるような、巨大権力集中型のエネルギー社会システムを否応《いやおう》なしに生み出していく。人間と自然の関係も一方的になり、人間がなんの権利もないのに、動物や植物に対して絶大な危害をおよぼしていく。たとえば人間は許容量などという数値をもうけて、「このくらいなら人間には影響がない」とか、「他の産業のリスクに比べて原発のリスクは高くないからい い」というようなことを言うけれども、その許容量は、海に棲《す》む魚たちや森に棲む鳥たちの了解をとったものではない。こういう一方的な押しつけは、現代科学技術のすべてに共通するものだが、とくに原子力発電のような巨大なシステムにおいては、人権だけでなく他の生物の生きる権利を圧殺する度合いが極限的である。人間と他の生物が共生すべき二一世紀にむかっては、そういう人間の側の一方的な押しつけになる技術を減らしていくのが、われわれのなすべきことではないか、人間は自分の開発した巨大技術で自然界を支配する権利など、宇宙と自然界全体の名においてないのではないか、といった主旨で浩平は証言した。

それに対して国側は、浩平の人格的なことをあげつらったり、犯人の取り調べのようなことしか、反対尋問でおこなわなかった。この立論に国側が反論してきたら、正面からやり合うことを期待していただけに、国側の態度に原告住民が落胆の度合いを深めたのが、浩平にもありありとわかった。裁判後は、やや気まずい沈黙のまま、彼らとは仙台駅で別れてしまった。

浩平は、頭を切り換えることにした。明日から一週間ばかり延ばし延ばしになった夏期休暇をとって温泉にでも行こうと思っていた。長いあいだの裁判の準備ですっかり疲れ果てた身をやっと解放できる。裁判が長引くことを予想して新幹線は遅めに予約していたが、やってきた列車がすいていたこともあり、自由席に飛び乗った。車内はがらがらで、二人席の窓側席に腰かけるやいなや、どっと深い眠りに落ちてしまった。そのあげくが、列車ごと海に投げ込まれたような夢を見たのだ。

おそらく、うなされて、声をあげていたのだろう。見かねて近くの人が肩に手をかけて揺り動かしてくれたらしかった。「あっ」と声をあげて眼をあけたものの、しばらくぼうっとした後、ようやく浩平は「失礼しました。ありがとうございました」と礼を言った。

「いやあ、お疲れだったのでしょう。どうも、うなされていたようでしたね。かえって声をかけたりして失礼したかもしれません」

男は浩平から席をひとつあけ、三人席の通路側に腰をかけていた。

「冷たい水でも飲みませんか」

彼は列車のなかで買ったお茶ではなく、自前の容器からハーブ茶のような飲み物を小さなコップに入れて渡してくれた。よく冷えていて、味の悪くないお茶であった。

「ああおいしい」

思わず声が出た。

「どうもありがとうございます」

それにしてもゆきずりの者に親切にするこの男は……。

浩平のまなざしを察したのであろう、彼が口をひらいた。

「失礼しました。草野浩平《くさのこうへい》先生でいらっしゃいますね。私は今日、仙台市の裁判所で先生の証言を聞いていたのです。となりは娘の摩耶《まや》です。二人で先生の証言を聞いて、ぜひお願いしたいことがあって追いかけてきたのです。でもしばらくお休みください。お手間はとらせません。ただ今日の先生の証言を傍《ぼう》聴《ちょう》して、どうしても私たちの裁判でも証人になっていただきたい、いや証人ではなく特別弁護人になって、私たちの裁判を助けていただきたいと思うようになったのです。

前から私は先生の著書を読んでおりまして、とくに先生が数年前に書かれた

『いま、自然をどうみるべきか』にひかれて、学習会のテキストにしてきました。先生の裁判には前から注目しておりました。今日の証言はまさに私たちが望んでいたとおりの内容でしたので、ぜひ先生に、もうお忙しいこと、ご迷惑は重々承知の上で、私たちの裁判にかかわっていただきたいと、お願いにまいったのです。いや、いきなり勝手なことを、お疲れのところに申し上げて失礼いたしました。ここはゆっくり、お休みください」

丁重《ていちょう》ではあったが、なかなかあとには引かない押しがあった。うなされていたとはいえ、いきなり夢から呼び起こすと、間をおかず、裁判の証人になれとは。彼はいったい何者なのか。

「これは自己紹介もせず失礼いたしました。いずれは詳しく説明させていただきます。とりあえずは名前だけでも。私は平才治《たいらさいじ》と申しまして、最近世を賑《にぎ》わしている、いわゆる天楽谷《てんらくだに》事件のいわば被告容疑者側のひとりなのです」

忙しくて他の刑事事件や環境問題を追いかけているわけではなかったが、天楽谷事件は別格だった。その当事者から、直接に裁判への関与を依頼されるとは意外であった。いったいどんなかかわりを求めているのか。好奇心の口火がともるのを制しがたくなった。

「キュキュ！」、とやや急な感じがして列車が駅に止まった。古河駅であった。仙台駅から東京駅へのちょうど中間あたりにある駅で、もう一時間ほどで東京につくはずだった。しばらくの間をおいて、また才治が喋《しゃべ》りだした。

「どうも、はなはだ押しつけがましくて申し訳ないのですけれども、先生の今日これからの予定はどうなっていらっしゃいますか」

もちろん休みをとるぐらいだから、特別の予定は入れていなかった。

「いや」

警戒心を残したまま、あいまいに答えた。

「先生、よかったらこのまま上野からご自宅に戻らず、上越新幹線に乗り換えて天楽谷に来ていただけませんか。いや十分に先生のご予定のことは考慮しているつもりです。じつは私たちの裁判を担当してくれている角飼《つのがい》弁護士がちょうど先生を招いたO原発訴訟の主任弁護人の杉沢弁護士の司法修習生の同期生なので、角飼さんを通じて先生のご予定をよく聞いておいたのです。明日からは休みをとって、好きな温泉に行かれるとか。どうでしょう。それでしたら、私どもの所にも、ちょっとは自慢できる温泉があります。そこでゆっくりしてもらって、ひとつ天楽谷をご覧いただきたいのです」

いっさいの疑問を封じるようにいっきに喋って、ややためらいがちに言った。

「いや、すみません。ＣＩＡまがいの調査までしましして。しかし、私どもも真剣なのです。どうしてもこの裁判は先生のお力添えを請うしだいです」

いささかあきれて疲れが戻ってきた。

「ちょっと休ませてくれませんか。少しゆっくり考えてみたい。天楽谷の事件について多少は知っていますけれど、詳しくは知りません。何か資料をお持ちですか」

すでに罠にはまったも同然であった。才治のとなりに座っていた摩耶という女性が、一冊のスクラップブックを差し出した。

「これに最近の新聞記事がスクラップしてあります。論評などはかえって邪魔かと思い、省いてあります。それほどの量ではありませんので、ちょっとご覧いただければ、お分かりになると思います」

摩耶は年齢不詳なところがあった。髪を長くしてそのまま束《たば》ねずにいたので、ばらりと垂れ下がり、右目はほとんど隠れるようになっていた。そのせいか、いたって幼い少女のようでもあった。浩平にたたみかけた、てきぱきとした話し方からすると、意外に歳をとっているのかも知れなかった。容貌などは分からなかったが、すらりとした体躯《たいく》をジーンズの上下につつんでいて、全体として素っ気ない感じだったが、身のこなしは軽やかで若々しさがあった。

才治は三人掛けのC席に座って、E席の浩平のようすをうかがっていたが、摩耶はB席で、一歩ひかえるようにしながら口を添えた。

「私からもよろしくお願いします」

この特異な裁判には惹《ひ》かれるところがあったが、裁判で争うことには、いい加減うんざりしていた。

終わったばかりの原発の裁判でもそうだったが、裁判では自分のような人間が出ていっても、けっして原告側に有利な証言ができないことは、これまでの経験から分かっていた。多くの場合、原告側証人に期待されるのは、立派な肩書きをもった、「〇〇学会会長」といった権威であり、そういう権威なしに事実だけを分析的にのべる浩平のような証言は、いかに真実に迫るものであっても、日本の裁判制度の中で、あまり重要な証拠として裁判官に認められないことを痛感していた。

ましてや今度の裁判は、事実を争うというよりも、カラスが裁かれうるのか、さらには人とカラスの自然に対する権利という、すぐれて思想的で哲学的ともいえる裁判であった。浩平のような、多少文章経験はあるとはいえ、けっして雄弁ではない科学者が、この裁判でたいして役にたつとは思えなかった。

それだけではなかった。浩平は、才治の話を聞きながら「この依頼はどうしても断るぞ」と、つい誘いこまれそうになる自分に言い聞かせていた。

「断るんだ」

しばらくこの種の問題からは身を引かざるをえない。だいたい浩平はよく働く性質《たち》で、この何年間というもの、ときどき体調を崩して一日、二日休む以外には、ほとんど日曜日も満足に休んだことがないような、働きづめの生活がついていた。それが生き甲斐《がい》であり、当然のことだったが、最近、自分の価値観を見直さざるをえない転機に直面していた。今後のことを考えるために一週間という、異例の休みを取ることにしたのである。

その休暇を、ふたたび裁判関係の仕事でうち砕かれるのは、こりごりだった。権威主義の殿堂はもうご免というのが、正直な気持だった。それに、やるとなると、これは今まで以上に大きな裁判となる。手が出せないだろう。

「絶対に引き受けないぞ」

しかし、繰り返せば繰り返すほど、深みに足をとられていく。

実際この裁判には、今までの原発や環境をめぐる裁判とは異なる新たな側面があった。

つい最近の展開であったが、動物を原告とする訴訟が各地であいついでいた。アメリカなどではすでに一九七〇年代からおこなわれていたが、日本では一九九五年に初めてゴルフ場開発業者に対する林地開発許可の取り消し訴訟《そしょう》がアマミノクロウサギを原告として、鹿児島県知事を相手どって、鹿児島地方裁判所でおこなわれた。この裁判では、アマミノクロウザギの代理として訴訟をおこなった住民たちが、鹿児島地方裁判所による住所氏名の記載要請を補正しなかったので、訴えは却下《きゃっか》された。

結局「アマミノクロウサギこと〇〇〇〇」と住民の名前を書いて、訴訟は継続されることになった。原告が人間でなければならないかどうかという問題はようやく日本でも提起されるにいたった。

これとほとんど時を同じくして、国の天然記念物の渡り鳥オオヒシクイの越冬地を茨城県が保全しないのは違法として、オオヒシクイと市民団体が知事を提訴したが、水戸地裁は一九九六年二月、野生動物は原告適格性を有しないとして、オオヒシクイの部分の訴えは却下された。これに対し原告側は、オオヒシクイの足跡を印した委任状を添付《てんぷ》して東京高裁に控訴《こうそ》した。

さらに長崎県諫早《いさはや》干拓事業をめぐっては、諫早湾そのものと、ムツゴロウなど諫早湾にすむ五種類の生物とその代弁者の住民が、一九九六年七月、長崎地裁に国の工事差し止めを求めて提訴した。

一九九六年八月、北海道でも大雪山国立公園に生息するエゾナキウサギを生態系の象徴として、トンネル道路建設工事差し止めを求めて知事が提訴されている。

このように動物の原告適格性は、まだ日本では裁判所によって認められていないが、一部には、動物にも自然に対する権利があり、原告適格性を有すると主張して裁判を提起するケースがでてきた。

浩平がおもしろいと思ったのは、今回はこれがちょうど逆になっているからだった。今までの事件では、裁判所や既存の司法制度が野生生物の原告適格性を認めていないのに対して、今度の裁判では、国側、直接にはG県地方検察だが、間接的にせよ、野生生物の被告としての潜在的可能性を認める立場から裁判を提起した点である。もちろん裁判になれば、野生生物であるカラスを被告にするわけにいかず、カラスと交流ができ、カラスを教唆《きょうさ》・訓練した可能性が高いとして長《おさ》こと平嘉平《たいらかへい》が起訴されることになるのであろう。住民側が提起した野生生物の原告適格性は認められないが、国の司法制度の側からは、間接的に野生生物の被告適格性が認められることになる。少なくとも、被告側がそう立論していくことはできるだろう。

これは、なかなかおもしろいではないか。この裁判は争ってみるにたる。とくに一身上の転機に立っている浩平にとっては、心惹かれるものがあった。

資料を見ながらそんなことを考えているうちに、列車は上野についた。

「先生。どうします」

催促《さいそく》するように才治が聞いてきた。この男は、ちょっと軽いところがあるが、調子のよさが不快ではなく、乗せられてくる。

「東京駅まで行って、乗るなら始発で乗りましょう。そのときまでに、いい答えをお願いしますよ」

東京といってもあと数分ではないか。ほとんどもう決められてしまったと思いながらも、浩平は列車を降りる支度をしながら切り出した。

「条件があります」

「なんなりと」

「まずひとつは、裁判そのものよりも、まずあなたがたが天楽谷で何をおこなっているのか、二日ばかりゆっくり見せてください。それから天楽谷の皆さんにも会ってみたい。カラスの生息地も見てみたい。

もうひとつ。私のことを先生と呼ばないでください。草野浩平で結構です。いや、そうでなければ困ります。もしかかわるとすれば、私も皆さんの仲間として加わることになるでしょう。

第三に、私がこの裁判にかかわるとしても、せいぜい四か月、長くて半年でしょう。どんなに長くても半年以上はかかわることができません。それは、今は言えないプライベートな理由からです。したがって裁判よりも鳥たちの権利の主張のキャンペーンに活動の支点を置きたい。それでいいですか」

「もちろん結構です」

才治は、即答した。

「六か月はちょっと短い気がしますが、先生、いや草野さんが参加いただける条件としてそうおっしゃるなら、喜んで呑みます」

「もうひとつ聞いておきたいことがあります。この件は、角飼弁護士がたぶんあなた方の主任弁護士だと思いますけれど、弁護士は了解していることですか。弁護士は必ずしもあなた方と同じ考えではないのではありませんか」

才治はちょっと困ったような顔をした。

摩耶はいたずらっぽそうに、笑った。

「お父さん、はっきり言ってしまえばいいわ。別に問題ないでしょう」

「いや、さすがに草野さんは鋭いですね。そうなんです。これから裁判になるとして、私たちはカラスの生存権、環境権と、ダム工事の合理性を対決させる裁判にしようとして、先生にお願いしているわけです。角飼弁護士は、弁護士としての立場から、それでは裁判にならない、平嘉平のカラスに対する教《きょう》唆《さ》・煽動《せんどう》、国側に言わせれば、道具としてのカラスの使用ということになるのでしょうが、それは犯罪行為として成り立ちえないから、その一点で争いたいと言われてます。対立まではしていませんが、若干《じゃっかん》の考えの違いが私どものあいだにあることはたしかです。しかし私たちの考えを角飼弁護士も尊重してくれています。ですから私たちの立場の補強として、角飼弁護士のほかに特別弁護人として草野さんをお願いしようとしたときに、彼も賛成してくれました。角飼弁護士も、全面的に了解してくれています」

「わかりました」

列車はすでに、東京駅のホームに向かって減速しつつあった。そのわずかな時間のなかで、いろいろなことを考えねばならなかった。裁判にかかわるようになったときの他の仕事との関係、これからの生き方、決断を迫られていた問題が、ここへきていっきに噴出した。

「とにかく天楽谷に行ってみよう」

もはや迷いはなくなっていた。

第3章

アオとの出会い

東京駅ではすぐに新潟行きの新幹線の乗り継ぎがあった。待ち時間のなさにうながされたような、せわしない決断ではあった。とにかく天楽谷《てんらくだに》を見てみよう。最終判断はそれからだ。

才治と摩耶と一緒に乗り込んだ新幹線だったが、浩平はまだ疲れが残っていて、ほとんど寝ていて言葉を交わさなかった。

うとうとしながらも、車窓からの風景は目に入る。九月とはいえ、まだ残暑の厳しい日々が続いていたが、季節は音もなく移《うつ》ろっていたのだ。車窓からみる風景は、確実に秋をしのばせていた。雲ひとつないといっていいほどの大きな蒼穹《そうきゅう》がひろがり、山々の緑と美しい対比をなしていた。山は上越国境に近づくにつれて、緑を深くしていった。

大刀那川《おおとながわ》本流沿いに、山を登っていくと、線路に沿って、あちこちにスキー場の派手な宣伝塔やホテル〇〇ピアといった施設が目立っていた。四〇年前の

学生時代には、想像もつかない光景だ。

日本海側の新潟県にも巨大な原発基地があった関係で、このあたりはよく列車で通っていたはずなのだが、車中は仕事場同然で、乗り込むやいなや降車駅まで書類に眼を通しつづけていて、四〇年間の窓外の景色の変化に気づく余裕もなかったらしい。見過ごしていた現実を確認しただけでもこのハプニング旅行の甲斐《かい》はあったのかもしれない。もっとも浩平はスキー場の看板の林立よりも、窓外の緑の深さに心が癒《いや》される思いがして、それを愉しんでいた。

「学生時代の帰省のようだな」

仕事を忘れて、窓外の風景を見やるだけで、こんなにくつろぐものなのか。渓谷《けいこく》をぬうようにくねりながら走る列車にゆられていると、何もかも忘れることができる。

列車は北に向かい、進行方向右手すなわち東側はいくつかの山々、森といったほうが似合う小さな山々が、現れては消えた。進行方向左手すなわち西側一帯は大刀那川とその支流の渓谷地で、小さな山の重なりのあちこちに谷間地と湖沼が点在していた。たしかにこれは、土建屋さんからみると、ダム工事でもやってひと儲《もう》けしたくなるような地形でもある。自然保護派のひとりとして、全国であまりにも多くの「公共事業」や「開発」が、事業の合理性よりも「ビジネスをつくりだす」という理由で正当化される事例と、そう発想するゼネコン業者、建設省や県の開発担当者に接してきたので、先方の手のうちはよくわかる。きっと天楽谷もそんなひとつにちがいないのだろう。

上毛高原《じょうもうこうげん》駅で降りると、迎えの四輪駆動車が待っていた。山道を登ったり下ったり約四〇分、浩平たちが天楽谷の中心旅館、てんらく館についたのは、まだ日没前であった。

てんらく館の玄関前に皆が降り立ったとき、摩耶が「あっ！」と、かすかな叫び声をあげた。

「鳥たちが挨拶《あいさつ》に出ていますよ」

才治が空を見上げていった。

「本当だ。アオだなあれは」

言われてみても、浩平には何も見えなかった。

「ほら、もっとずうっと北の上のほう」

摩耶の指さす方向をじっとみていると、はるか彼方の空に、いくつかの点のような存在が、おりからの陽の終わりの微光を背に受けながら、舞っているのが認められた。

「あの真ん中で、ひときわ鮮やかな鳶《とび》色をして輪を描いて回っているでしょう。あれがトンビのアオです。アオというのは、嘴《くちばし》がめずらしくくっきりした青色だから、そうみんなに呼ばれているのです。もちろんここからは嘴まで見えませんけど」

アオの周りにも、何羽かの鳥がいた。

「あれはたぶん、ハヤブサでしょう。アオはいつもハヤブサたちを連れて、舞っているから」

「ピー　ヒョロロロロー」

アオは一声高く鳴いた。ここからでは、やっと聞こえるような声だったが、はっきりと聞きわけられた。「ヒョロロロロー」というところを、普通のトンビよりもはっきりと、ながく引っ張るように鳴いた。

「そう、あのながく尾を引くような、ややもの悲しげな発声がアオの特徴なんです」と摩耶。

「いずれにしても、こっちまではやってこないでしょう。彼らは下の本村の人たちに姿を見られて、私たちとの関係を必要以上に勘ぐられることを、警戒

していますから。たぶん今夜、そっと旅館まで訪れてきますよ。さあ、どうぞお入りください」

　案内してくれたのは、てんらく館の女将《おかみ》、才治の妻の清子であった。女将は浩平を六階建ての旅館のいちばん上の奥の部屋に招じいれた。特別な部屋、ＶＩＰルームなのだろうか、旅館はホテル形式になっていたが、ここだけは広く、ホテル形式のなかにも、和風の建築様式が取り入れられていた。

「ここがいちばん景色もよろしいかと思いまして。こちらの西側を見れば、谷が一望のもとに見渡せます。ほら、ずうっと奥のほうに工事の始まっているところが見えますでしょう。それから右手側の窓を開ければ、天楽平《てんらくだいら》が見えます。あそこには、もうご存知かも知れませんけど、私たちの共生会館や音楽ホールの公会堂など、いろんな施設があります。先ほどアオたちが舞っていたのも、あのへんです」

もうそこには鳥たちの姿は見えなかった。部屋にはＢＧＭが流れていた。モーツアルトの「フリーメーソンのための葬送曲Ｋ《ケッフェル》４７７」だ。

「どうぞごゆっくりなさってください。山のなかの温泉で、なんにもありませんけど。ここは静かなところが取りえです。幸い今は、音楽会のシーズンのちょっと前ですので、比較的静かです。いくつかの大学の学生が音楽の合宿をしていますが、練習はだいたい公会堂周辺の練習場でやっていますから、こちらまで耳障《みみざわ》りになるようなことはないでしょう。何か不都合がありましたら、おっしゃってください」

着物の裾《すそ》をきっぱりさばいて正座すると、一礼した。

「私、平清子と申します。才治の妻、摩耶の母親でございます。よろしく、お見知りおきください」

「こちらこそ、よろしく。草野浩平です」

「それでもう、お気持はお決まりになりましたの、先生」

「いや、その先生はやめてくださいと、さっきも言っていたのですよ。草野浩平で十分です」

「あのう。ちょうとずうずうしいことをお聞きしたいのですが。よろしいでしょうか」

「はあ。どうぞ、答えられることと、答えられないことがありますけど」

「じつは先日出された先生の、いや、ごめんなさい。草野さんの著書『市民のための科学者として生きる』を読ませていただきました。あのなかで、先生のご先祖も平家でいらっしゃるとありましたね。ご承知のように、この村の者の先祖は平家です。平というのは、いかにも平家らしい名前ですけど、これはたぶん、最初から平であったわけではないでしょう。別の名前だったのを、あるときから平家の本流を主張したい誰かが平と名乗りはじめたのだと思います。そのへんのところはよくわからないのですけど、じつは私も別の姓の平家の出なのです。嫁《とつ》ぐ前の姓は石山といいます。先生の母方の姓は、たしか石山でしたね。石山姓の平家の武士であるとか。石山とは何でも『源平盛衰記』か何かに出てくる平家の武将の名前のようです。これはG県の平家の姓にはよくあるので、もしかするとご縁があるのではないかと思いまして」

「とにかく、先生はやめてくださいよ。私は氏素性《うじすじょう》には詳しくないのですが、祖母から石山家のことと平家のことをよく聞かされました。そうかも知れませんなぁ。これはこれは。またまた何か、因縁のような話を聞かされて、いよいよどうも天楽谷から離れがたくなってきたようですね。私のような人間には源氏も平家も大昔の話すぎて、ピンとこないのですが、ここまでやってきて話を聞かされると、千年前なんて、昨日のようでもありますね」

女将の顔が、心なしか祖母の顔、さらには見知らぬ先祖の顔とだぶってくる

ような気がする。

「じゃあひとつ、逆にこちら側からうかがってよろしいですか」

「はい。なんなりと。それこそ、私なんぞには答えられないことが多いでしょうけれども」

「今、部屋に音楽がかかっていますね。これはたしか、モーツアルトの〈フリーメーソンのための葬送曲〉ですよね。やはり、モーツアルトで知られているところですから、バックにモーツアルトを流すのは自然かと思いますけど、〈フリーメーソンのための葬送曲〉というのは、ちょっと人を歓迎する曲としてはどうかと思いまして。これはどんな意味があるのでしょう」

「いやー。音楽のことは私にはようわかりません。私も門前の小僧で、多少は音楽もたしなみますし、すっかりモーツアルトのファンになりましたけれども、この曲を選んでいるのは、安田という選曲係の青年です。安田君がどういうつもりでこの曲を選んだのか、なんなら呼んできましょうか」

「いや、いいです。いいです。それを推測してみるのも、こちらの愉《たの》しみにとっておいてもらったほうがいいでしょう。しかし、いずれにせよ、この曲はハ短調の葬送の曲とあるように、沈んだ曲です。あるいは長《おさ》が逮捕された、それを悲しんでのことでしょうかねえ」

「いや、それはないと思いますよ」

女将は断言した。

「ここの人たちは長に絶対の信頼をおいています。長が逮捕されたといっても、このようなことで動揺するような人たちではありませんし、長もこのような逮捕で参ったりはしないでしょう。ただ心配なのは、長が最近すっかり心臓を悪くして、体力が衰えてきていることです。それに、逮捕や取調べなんかがつづいたら、どうなりますことやら。もう八〇ですからねえ。曲のほうは、おおぜいのカラスが射殺された、それを悲しんでのことかもしれません」

話しているうちに曲は終わった。つぎに流れたのは、モーツアルトのピアノコンチェルト24番K491であった。

「ああ、これもハ短調ですね。前の曲ほど悲しげではないけれども。ハ短調を二曲というのは、やっぱりフリーメーソンを意識しているんでしょうかね」

「さあ、これはもしかすると安田君のいたずらかもしれませんね。安田君はそういう人なんですよ。私たちの天楽谷共生会は、たしかにフリーメーソンと似たところがあると言われています。ある大学の先生なんぞは〈フリーメーソンと天楽谷共生会との類似性について〉というような論文をお書きになっています。長がドイツから持ち帰ったもののなかには、モーツアルトの音楽とともに、ある種自律主義に根ざしたエコロジー思想、これはむしろシュタイナー思想に近いようなものだったとおっしゃる先生もいますが、独得な思想もあったことは事実のようです。私にはむずかしいことはわかりませんけど。でも一八世紀の自由、平等、博愛を掲げたフリーメーソンは、既成の秩序からみれば破壊的な面もある秘密結社であったわけですね。それに対して私たちの共生会は自由、共生、自律、とくに自律ということを重要視して、自分たちの力で自分たちの土地を起こしていこうという、地域の自律をうたったものです。フリーメーソンとはかなり違いがあるとおもいますが。まあそのへんのことは、お望みなら詳しい議論をする人が、このあたりにはいっぱいいるでしょう。なんなら、安田君もいつでも呼んできますよ」

「いや、女将もすでに十分お詳しい。安田君とはいずれ話してみたいですね」

お茶をのみながら、そんなやりとりをしているところに、才治がやってきた。

「なんかむずかしい話をしていますね。この人は私よりも父の影響を受けてしまって、こういう思想話が好きなところがあるんです。それがまた、摩耶に乗り移ってましてね、私はもう少し実務型の人間なのですけど。それにしても先生、いや、草野さん、お疲れになったでしょう。川沿いに露天風呂があります。当地の名物です。昔、平家の落人がここへ来て、この川沿いの温泉で、すっかり傷を癒して、ここに根付くようになったといわれている、由緒あるものです。川の一部がそのまま温泉になったような露天風呂で、川泳ぎをしながら風呂が楽しめます。ぜひごゆっくりお試しください。そのあとには、すぐ食事の用意をしておきましょう。もしよろしければ、今夜は私どもと食事を共にしていただきたいのですが。もちろん先生おひとりのほうがよければ、おひとりでどうぞ」

浩平はもう、この人たちとは離れられない運命にあるような気がしていた。それも同じ平家という、千年も先に戻る意識もしなかったような歴史によって結ばれていたとは。

「いやあ、ひとりで食事したって、味けも何もないですよ。ぜひ一緒に食事をお願いします。それじゃあ私は、ちょっとその露天風呂を覗《のぞ》いてくることにしましょう」

その晩のてんらく館に集まった人たちの夕餉《ゆうげ》は、ちょっとした宴会だった。浩平を中心に、平才治の一族である才治、清子の夫婦、娘の摩耶、息子の天平《てんぺい》、才治の義理の父つまり清子の父親、石山荘太郎がせいぞろいし、天楽谷共生会の外交部長をつとめる岡野節子、上越民報の二瓶《にへい》耕助、てんらく館の音楽担当の安田隆も加わった。

「どうも、草野さんには申し訳なかったかもしれません。せっかくの機会ですから、ひととおり主だった人を紹介してしまおうと思って呼んだのです」

「嘘《うそ》ばっかり。あんたが人がいいから、断れなかったんでしょう」

「最初は二、三人の食事をと思っていたのですけれども、せっかくの機会だからというので、草野さんと一緒に食事をしたいという人がだいぶ現れて、これでも共生会会長の権限で、人数を制限したのです。結構な大宴会ですな。わっはっは」

「まったくこの人は調子がいいので困ります」

才治と清子のやりとりも、何かと浮かれた気分であった。

「ひとりでぼそぼそと旅館の食事をしても寂しいものです。せっかくの機会に皆さんと会えて、嬉しいです。もっとも私は酒はあまり呑まないので、宴会上手ではありませんけどね」

「いや、今日はもう、あまり長い大宴会にはいたしません。いろんなことの準備もありますので」

「準備?」

浩平は聞き返した。

「そうそう、朗報があるのです」

才治はひときわ声をあげた。

「これはまだ、全員の方には知らせてなかったのですけど、今、上越民報の二瓶耕助さんがもってきてくれたニュースです。じつは明日、長が釈放されます。逮捕から約一か月半の期間でしたけれども、予想よりずっと早く釈放になりました。長は相当疲れているようですが、元気に出てきます。これは何よりも皆様の、全国の皆様のご支援の賜物《たまもの》だと感謝しております」

さきほど外交部長と紹介された岡野節子も言った。

「そうです。全国、いや世界中の人々から、すごい抗議の手紙が高月署に送られ、私たちのところにも大変な激励のお手紙が届きました。それを私たちは県庁に提出しました。そういったことも効いたのだと思います。どうもありが

とうございました」

「今日は前祝いの宴会でもあるのです。それで、明日は急きょ長の釈放祝いと草野浩平氏の天楽谷への来訪を歓迎して、小コンサートをおこなうことにしました。主たる曲目は、モーツアルトの弦楽四重奏曲19番〈不協和音〉です。どうもこれは草野さんのお好みらしいと情報を得ていましたので」

「またまたCIAをやられましたな。よしてくださいよ。あまり周りを固められると、ますます抜けられなくなってしまうじゃないですか」

「まだ抜けるなんて考えていらっしゃるんですか」と摩耶。

「いやあ、困ったな。しかしまだ、迷ってますよ。何しろこれは大変な事件ですからなあ」

ちょっと離れたところから声をかけた男がいた。

「調べてみればみるにつけ、大変な事件です。それについては、いずれまたあとで時間があれば、草野さんとゆっくりお話がしたいと思っています。私は上越民報の二瓶耕助です。摩耶ちゃんに聞きましたが、私の記事をお読みいただいたそうで、どうもありがとうございます」

耕助は記事で受けていた印象よりも年輩の、しかし大柄で活気にあふれた感じであった。

「ああ、あなたが二瓶さんですか。天楽谷に関する私の先生のようなものですね。ところで、明日の演奏会は誰が演奏されるのですか」

「いや弦楽四重奏の演奏会といっても、ごく内輪なんですよ。みんな内輪のプロないしはセミプロ集団です。第一ヴァイオリンは息子の天平です。この人は本当はフルートをやっているんですけど、子供のころは摩耶とともにヴァイオリンをやっていたので、今でも親しんでいるんです。第二ヴァイオリンは荘太郎義父《とう》さん。ヴィオラは岡野節っちゃん。チェロは安田君です」

「とんだ年寄りの冷や水だね」

と石山荘太郎が笑った。

荘太郎は、平の一族の人々とは違って、いかにも平家の落武者《おちむしゃ》の末裔《まつえい》を思わせる大きな体と、ある種の豪放さをもっていた。

「平家の落武者にヴァイオリンというのも奇妙な取り合わせで、わしにも分からんのです。もともとは、モーツアルトのモの字も知らなかったのですけんど、長にすっかり感化されましてな。木刀《ぼくとう》ふりを止めてヴァイオリンを始めたら、止められなくなった。耕助さんなんどの口の悪いすずめからは、平家の猛《も》者《さ》も、刀をヴァイオリンに持ちかえて、すっかり軟派になったとからかわれていますけど、ダム工事推進の大牟田《おおむた》一派と闘う気力は少しも衰えませんぞ。

それにねえ、武術も音楽も、相手との呼吸の合わせ方とか間の取り方、硬軟のバランスなど、相通ずるものもじつに多いのです」

「いや、半分はどうもこじつけのようですね」と耕助。

「彼はいま、弦楽四重奏にこっているのですよ。四人の語り合いの呼吸の妙は何ものにも代えがたい、などといつも言っていますから」

「いや、なかなかこの四人はいつも気があっていて結構なもんですよ。まあ明日をお楽しみに」

と清子がとりなした。

「それから安田君、草野さんが選曲のことでいろいろ気にされていましたよ」

「あっ、また何かやっちゃいましたかね」

そう言って後ろの列から身を乗り出してきたのは、小柄な二〇代前半の青年で、いかにも音楽ファンという感じだった。

「自己紹介が遅れました。ここで選曲係をやっている安田隆です。選曲係などと言いますが、毎日の選曲からコンサートの準備、プログラムの作成など要

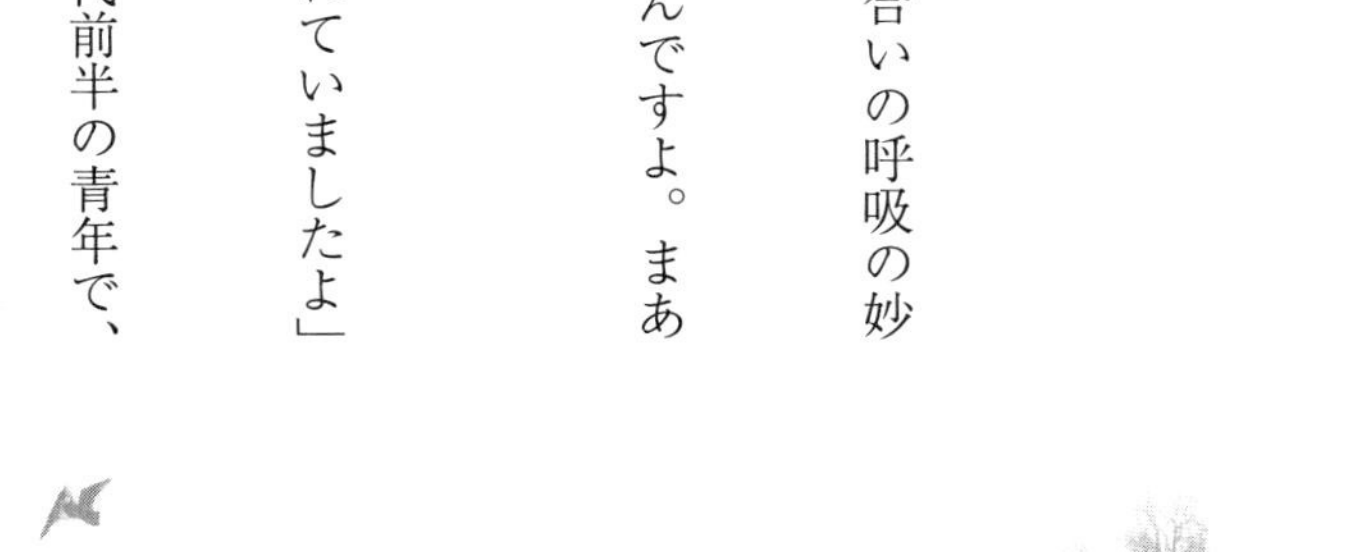

するに何でも屋です。もとは音楽グループの練習で天楽平《てんらくだいら》に来たのが縁で、すっかり気に入ってしまい、強引に選曲係などと名乗ってここに居すわっちまった者です。〈フリーメーソンのための葬送曲〉は、もともと長が好きだった曲なものですから、カラスの葬送にもなるかと思いまして、毎日夕刻に流していたのです。

ピアノコンチェルトＫ４９１ですか。これはどうもすっかり遊びがばれたようですね。フリーメーソンというと三がシンボルでフラット三つのハ短調にしたとか言われるものですから、草野さんがどう受けとめるか、遊び半分にかけただけです。すみません。逃げ出すようで申しわけありませんが、私たちは明日の演奏の練習がありますので、このへんで失礼します」

四人は頭を下げて退出した。

二瓶耕助も「では、また明日」といって、引き下がった。

清子や才治も食事の片づけをうながすと、仕事が忙しいようで、それとなく席をはずした。残ったのは、摩耶と浩平だけになった。

「さあ、草野さんのお部屋に戻りましょう。私がご案内します。ちょっとお話ししておきたいこともありますから」

と摩耶が先に立った。

六階の浩平の部屋に入るや、ガラス戸をコンコンコンと叩《たた》く音がした。

「あらっ、きたわ」

摩耶はすぐに障子を開け、ロックをはずしてガラス戸を少しだけ開けた。

バサバサッと羽音高く黒い影が舞い降りてきた。

「アオです」

と摩耶が紹介した。

たしかに立派なトンビだった。ふつうはトンビといえば、四〇センチ、五〇

センチだろうか。しかし目の前にいるトンビは、翼《つばさ》をひろげればゆうに一メートルのワシほどにも見えた。毛並みも鮮やかな鳶《とび》色をしていて、嘴《くちばし》が青く光っていた。その青色は、普通の形容によっては表現しがたいような、深海の奥から取り出してきたような独特の深みをたたえ、それでいて部屋の明かりに鮮やかに光っていた。

アオはバルコニーから入り込むと、部屋の片隅に二本足で立った。

「アオからも草野さんにぜひこの事件のことで弁護をお願いしたいというのです。ぜひ、そのご挨拶をということです」

浩平は少しあっけにとられて、しげしげとアオを見つめた。たしかに約束にしたがって時間どおりに部屋にやってくるところを見ると、アオと摩耶のあいだには通じるものがあるにちがいない。しかし、いったいどうやって、挨拶をしようというのだろう。

「ピー、ヒョロロロロー、ル、ル、ル、ルルルー」と、一声大きく「ピー、ヒョロロロロー」と鳴いた後に「ル、ル、ル、ルルルー」と小さく何言かつけがえた。そして摩耶と浩平の二人を見た。対等の仲間を見るような目つきだった。

摩耶が言った。

「通訳というほどではありませんが、私がお伝えしましょう。今日は森の鳥たちみんなで来ました。ぜひ私たちの力になってください」

「いや、あなたたちの希望はわかった。しかし、僕からも少し質問がある。あなたたちは本当に自分たちの意志でダム工事に反対運動をやっているのだろうか。重機を谷に落としたり、作業員を殺《あや》めたり、そういうことは、あなたたちがやったことですか」

浩平の質問を摩耶が取り次ぐのを、アオは黙って聞いていた。それからしばらくして、グルグルと声をたてながら、何かを答えた。

「アオが言っているのは、こういうことです。私たちは工事に反対。工事は体をはっても阻止する。それは森の生き物みんなの意志。しかし、人を殺めてはいない」

「人を殺めていない？　そう言ったって、実際に人が何人も死んだり傷ついたりしている。マイクロバスが落ちて六人も死んだし、カラスと人の戦争でやられた人もいるじゃないですか」

「重機の破壊は私たちがやった。工事阻止のために、森の生き物のために、どうしても必要だった。しかし、人の命も大切。その後のマイクロバスの転落や人との戦争は、私たちは関係していない」

「えっ？　そんな都合のいい話があるの。どうして分けられるの？」

「たぶん、あれは人がやったこと。森のカラスの行為に見せかけているようだ。騙《だま》されて乗せられたカラスもいるかもしれない」

ダム工事を阻止しようとしても、人間の命を奪おうとはしないというアオの決然とした態度には、感銘をうけるものがあった。まず、信じていいだろう。しかし実際にカラスがからんで、人間が死んでいる。

「本当にあなたは、今度の人間の死傷にカラスがまったく無関係だと言い切れますか」

アオは少し困ったような顔をして、考え込んでいた。

「少し、時間ほしい。カラスにもいろんなカラスいる。私も全能ではない。調べてまたお返事したい」

摩耶が少し補足した。

「要するに、アオが私にもさかんにうったえていることは、最初の重機破壊のときには、人間を殺めるつもりはなかった。実際に、人間はあのときには少し怪我をしましたが、重傷を負っていません。工事を阻止するために、重要な重機を破壊しただけです。それと、カラスの射殺のあとに起こったカラスの報復といわれる人間の死傷におよんだマイクロバスの転落事故から、人・カラス戦争へといたった一連の動きは、アオたちはまったく関係がなかった、と繰り返し言っているのです。もしかすると、カラスにもいろいろいますから、人間の誘惑につられて、そういう戦争に巻き込まれてしまったカラスもいるかもしれません。そのことについては、自分たちの責任でよく調べてみたい、アオはこう言っているのです」

まったく筋の通った答えであった。

そもそもアオの態度には、浩平が今までどんな人間や動物と接したときにも感じたことのないような威厳《いげん》があった。それは、この強い嘴と大きな翼による威圧感ではなかった。人間を警戒するあまり、遠ざけているのとも違っていた。適当に距離をとりつつも、こちらが親しい仲間であることを認めるように気を許したまなざしで見つめ、全体として自分の主張をもって相対する態度であった。しかも、親しみの表情のなかにも、こちらが考えていることをすべて見透かすような鋭さをときおり示していた。堂々たる態度だった。

「いつまでに、その答えをもらえるかな」

「明日まで。明日答えます」とアオ。

「それでは、また明日」

アオはちょっと会釈すると、あとは長居は無用というかのように、あいた窓からピュンッと大きな蹴《け》りをいれると、虚空《こくう》へと舞い上がり、大きな輪を描きながら消えていった。

と、その瞬間だった。森全体がガサッと揺れた。何万羽という鳥が木という木の陰に隠れていて、アオの飛び立つのに合わせて、羽をわずかに動かして、森全体にひとつのウエーブが起こった。

「あれが鳥たちの草野さんへのお願いの挨拶です」

浩平は呆然とした。今まで長いこと生きてきたが、こんなにも多くの鳥たちがいっせいにこのような振る舞いをするのは、見たことがなかった。そら恐ろしくもあり、頼もしくもあった。しかし、たちまちあたりは静かになり、気づいたときには、アオの姿もどこかに消えていた。夢かと思うほど、つかの間のできごとだった。

その晩、浩平はなかなか寝つかれなかった。あまりにも多くのことがたった一日でおこりすぎた。事件全体の展開は、十分魅力があったが、まだ一身上の問題をひきずっていた。しかし最後のあの劇的なアオとの出会い。たぶんこれは、自分の天命かもしれない。自分ができる限りのことをやるのも、乗りかかった船というものかもしれない。

右に行ったり左に行ったり曲折を繰り返したあげく、ほぼ結論に達した。

「明日のアオの返事や長の話を聞くにしても、ひとつ乗りかかる方向で考えよう」

一身上の悩みも、むしろこのことに積極的にかかわることで乗り越えられるかもしれない。そう思うと気が楽になった。二つの重いことを抱えることになるとためらってきたのだが、その二つをひとつのことと考えることで、むしろ人生の決着をつけることができるかもしれない。

すっかり気持が軽くなった。

いつか浩平は深い眠りに落ちていった。

第4章

天楽平

つぎの朝、朝食が終わって一息ついていると、二瓶《にへい》耕助が新聞社の軽のワンボックスカーでやってきた。昨夜別れるときに、付近一帯の案内役をやらせてほしいという申し出があったのである。やがて被告平嘉平側の助っ人になる科学者から、いろいろ聞きだそうという計算もあってのことだろう。

浩平も耕助から情報を得たいことがあったので、夕方までいっさいの案内を任せることにした。

「すいませんね。地方の新聞社ですと、こんなぼろぼろの車しか使えなくて」

曲がりくねった坂道を車にむち打つようにして耕助がまず向かったのは、天楽平であった。天楽平は、天楽谷の集落から三百メートルほど北東に登ったところにある小高い平坦地で、北側にそびえる黒根山《くろねさん》からの流れを集めた焼沼《やきぬま》が広がっていた。このあたり一帯は、かなり平坦な岩盤でできた台地であり、「テーブル岩」で有名な荒船山《あらふねさん》に似ているところから「小荒船《しょうあらふね》」とも呼ばれている。焼沼というのは、よくあるような火山由来の名前ではない。

「もともとこの付近一帯の天楽というのは、天の楽しみではなくて、天落、天が落ちるのが正しいと言われています。天が落ちた。すなわち、かつて大昔に大きな隕石が台地に落ちてできたクレーターに水がたまったのが焼沼だという言い伝えが残っています。科学的には十分証明されていないようです。しかし、地元の伝承では、本村のあたりの温泉地に人々が住みはじめたころに、ある日突然天が割れるようにして火柱があがり、隕石が降ってきた。その一帯は焼けただれたような窪地ができたとされます。人々は恐れてここには近寄らなかったのですが、あとからやってきた平家の落人《おちうど》たちが下の川沿いに温泉が出るのを見つけ、その温泉で落ちのびた疲れを癒し、すっかり回復したと言われます。おそらく、この部分は事実でしょうが、温泉は隕石とは関係がないでしょう。でも、天楽谷の人々は、天のおかげだといって、昔から〈隕石のなごりの石〉と言われる岩を祠《ほこら》に祀《まつ》っているのです。ほらここを上がったところに、天落宮とあるでしょう。実際に隕石があるわけではないようで、専門家が調べたところ、普通の火山岩だったようです。天楽谷の人々も、今は石を祀るというよりも、祖先を祀るといったもので、特別おおげさな信仰というほどのものではないようです。

もっともこの焼沼一帯は、最近は水鳥の宝庫として注目を集めているようです。地元の自然保護団体の調査によると、最近稀少になった水辺の鳥がここに集まっていて、たしかに冬は白鳥などもやってきますよ。エコロジーは草野さんのほうがご専門でしょうが」

耕助は、浩平のためというより、自分の興《きょう》の向くままといった感じで、焼沼や天落宮の見物はほんの申しわけ程度にして、すぐに車を飛ばして、お目当ての公会堂へと向かった。

「このあたりは、つい三〇年前は草ぼうぼうの台地で何もなかったところです。焼沼では、観光にも何もなりはしない。ところが一九七〇年代から、平嘉平さんこと長は、このあたりに天楽地区の文化センターを創設しようという構想をたてた。ちょうど才治さんがオーストリアのザルツブルク留学から帰ったころのことで、そのへんが、長の独特の嗅覚《きゅうかく》というか、才治の知識を活かして、ここにザルツブルクなみのクラシック音楽のセンターを作ろうと思い立った。今までの温泉観光だけでは、なかなか厳しい。競争も激しいし、よそも廃《すた》れてしまっている。世の中全体は豊かになってきて、人々が文化的な施設を求めるようになってきた。七〇年代末から八〇年代にかけて、一部の地域では〈村おこし〉と称して、美術館を建てたりクラシック音楽のコンサートホールを建てたりし、そこに有名な美術評論家や音楽評論家を館長として招くといった試みが、さかんにおこなわれました。ここG県では昔ながらの温泉地とスキー場を結びつけたスポーツセンター的なものがむしろ主流で、それはそれで新幹線がひかれたこともあって、一種のブームになった。長の企画も最初から意図したことではなかったにしても、ちょうど地方に芸術を招致《しょうち》する動きに先鞭《せんべん》をつけるかたちになり、地方文化の時代を切り拓くことになったのです」

耕助は車をパーキングセンターに止めると、天楽平音楽センターの中心施設である公会堂に向かって歩き始めていた。

「いやどうも、話しっぱなしですいません」

周りには、結構人通りがあった。朝からの催し物があるとは思えなかったので、やはり公会堂の見物人がいるのだろうか。

「若い人が多いでしょう。学生の合宿ですよ」

最近の観光地には、テニスコートと学生の合宿所が結びついた民宿などがよくあるが、その音楽版というわけか。なるほど。平嘉平にも才治にも、たんに芸術好きとか地方文化を起こす才覚だけでなく、商才もある。

「それにしても、なぜモーツアルトなの。クラシック一般でもいいような気がするのですけれども、どうして天楽谷では、モーツアルトということになっているのでしょう」

「それはもう、平《たいら》一族の趣味ですよ。モーツアルトのパトロンだったハプスブルク家と平家《へいけ》には、共通するものがあるとか言いたてる人もいますが、眉唾《まゆつば》ものでしょう。趣味以上の特別な理由があるとも思えません。まあ、詳しい話に興味があれば、安田坊やに聞かれたらよいでしょう。実際は才治がザルツブルクに留学して、そこの楽友協会などとも関係を持つようになったので、春秋のモーツアルト音楽祭を催すようになった、それでモーツアルトの音楽とは縁が深くなったのです。ここの春秋のモーツアルト音楽祭は、今や日本ばかりではなくて、国際的にも知られています。有名なへモーストリー・モーツアルト・コンサート〉というのがあるでしょう。あれの向こうを張って、ここでは〈コンプリートリー・モーツアルト・コンサート〉、CMCなどと言っていますからね。なかなかそういうところは、長も抜け目がないですよ」

そんな話をしながらたどりついたのは、中央施設、公会堂であった。公会堂は、鉄筋コンクリートの近代的な建築であるが、屋根が入母屋《いりもや》づくりというのだろうか、日本の建築様式を取り入れていて、なんでも、G県出身の代表的な建築家の作になるもので、建築学会賞をとった有名な作品らしい。中は一二〇〇人収容の大ホールと、三〇〇人収容の中ホール、それから室内楽用の小ホールがあった。その左どなりには、学生の合宿用の練習センターがあり、ここには学生の器楽演奏やコーラスなどができる演奏室や防音室がいくつか用意されていて、音楽学校の学生たちに人気があるようだった。各地のプロの音楽集団などもよく利用するし、アマチュアで練習を楽しんでいる人たちもいるようだった。

練習センターをちらっと見回した後で、耕助は振り向いた。

「朝から引っ張り回したんで、疲れたでしょう。少し早いけど、お昼にしましょう。ここの練習センターにも大きな食堂がありますが、学生が多いので、ちょっとうるさいのです。それよりも、公会堂の向こうどなりに共生会館があります。これは地元の公民館のようなもので、天楽谷の人々の公共施設です。小さな食堂があって、そちらのほうが静かです。そっちにしましょう」

食堂に腰をおろすと、注文を待つあいだも、耕助は話しつづけた。

「ところで、草野さん。事件を直観的にどのように見ますか。われわれは先入観やいろいろな知識が入りすぎてしまって、混乱しているのですが、直観的に見たら、どういうふうに見えますかね。どうも私は警察の書いている全体のストーリーに無理があるような気がするんです。ダム工事反対には強いものがあったとしても、まさか天楽谷の人たちが、人を殺してまで工事阻止闘争をするとは考えられません。これまでもそんなことはなかったですからね。いやこれは、長の人柄とか、そういうことを度外視しての話です。純粋に論理的に考えても、どうも無理があるように思えるのです。私はそもそも鳥たちに工事妨害の能力が備わっているとか、長が鳥を教唆《きょうさ》できる能力を持っているとか、信じていません。たしかに長は、鳥たちと交流をする能力があります。それは疑いがありません。私もいろいろな場面を見ています。そういう能力という点では、私はむしろ摩耶さんのほうにより大きな力が備わっていると見ていますが、それはまあ、別の話です。それに平一族と鳥たちの関係というと、重要なのはカラスではなく、トンビのアオでしょう」

浩平はとぼけた。

「ほうー、トンビ、そのアオっていうのは、いったいなんですか」

「あれ、草野さん、まだ摩耶さんから聞いてませんか。私はてっきり、あらましはお聞きになっていると思っていました。昨日はいろいろ取り込んでいたから。まあ、その時間もなかったんでしょうかね。それなら、これから行けば、じきじきにいろいろ話があるでしょう。長から直接お聞きになったほうがいい。私からの予備知識は、かえって邪魔でしょうから」

耕助はちょっと首をかしげるようにめずらしく間をおいて、ゆっくり語りだした。

「もし、お聞きになっていないのなら、一言、二言、説明しておきましょう。アオはこのあたりの鳥の一団、天楽谷の森に何万羽、何十万羽といる鳥たちハシボソカラス、ハシブトカラス、ツグミ、各種の猛禽《もうきん》類、ケラ、カラ、モズ、ムクドリ、ヒヨドリなどなどの小鳥たち、そういう全部の鳥たちのリーダー的な存在です。飛び抜けて頭がよい鳥とされています。嘴のところが、ちょっと普通のトンビにはない青色をしていて、アオと呼ばれていますが、翼をひろげると一メートル以上にもなる、ワシのような立派なトンビです。このあたりには、オオタカとかクマタカ、オオワシなども棲んでいるのですが、ワシたちだってアオのリーダーシップを尊敬してしたがっているのですからね」

「それはともかく、妙な話を聞き込んだのです。地方政治にかかわる生臭《なまぐさ》い話ですが、まあ、お耳にいれておいたほうがいいと思って」

耕助は急に不自然なくらいに声の調子を落とした。別にあたりに怪しい人影は見当たらないし、耕助はこのあたりの顔にしても浩平のことは誰も知らない。東京の音楽評論家か音楽家が訪ねてきて、耕助がいつものようにインタビューしているくらいに思われるのだろう、目をとめる者もいない。にもかかわらず、妙に慎重《しんちょう》に耕助は話しはじめた。

「このダムの建設工事妨害行為が、長たちの反対運動とはまったく関係のない、県内の泥臭い政治の争いからきているという噂《うわさ》もあるんですよ。これはまだまだ極秘の情報なんですが、ある筋からうちの新聞社にそういうたれ込みがあったのです。

それによると、直接の証拠はないのですが、たしかにダム推進派も一筋縄ではない。そもそもこのダム工事を推進してきたのは、須賀恵三県知事をはじめとする県内の保守本流の人たちですが、中心は県知事の叔父須賀恵太が社長をつとめる須賀建設で、この須賀建設と結びついているのは、元総理大臣の県内の有力者大牟田《おおむた》一郎です。県内には、もうひとつ保守の有力な政治勢力があって、やはり同じ自由保守党に属する神田字太郎の流れです。神田字太郎も総理大臣をやったほどの人ですが、どちらかというと、現在ではこの大牟田対神田の勢力争いは、その後継者同士の争いになっています。大牟田の後継者は息子の大牟田健一、神田の後継者は、神田の国会議員時代に秘書をやっていた大脇圭介です。

この争いは、県内の自由保守党の主流争いにもなっていますが、それ以上に中央の次期総裁争いになっています。大牟田健一が自由保守党の次期総裁候補であることは、草野さんもご存知でしょう。それに強力な金銭的なバックアップをしているのが須賀建設です。須賀建設は大牟田派の強大な威を借りて、このダム工事の契約を取ったと言われています。

この関係を快く思っていない、やはり次期総裁をねらっている神田派が、今までにもいろいろなかたちで、このダム工事をめぐる須賀一族と大牟田派の癒《ゆ》着《ちゃく》を断とうとして動きまわってきたことはたしかです。しかし、地域の振興計画ですから、もともと自由保守党としては、この種の開発工事に反対する論理はない。で、しぶしぶしたがってきたのですけれども、中央の総裁争いをめぐる集金合戦が、なかなか熾烈《しれつ》をきわめてきた昨今では、工事全体を中止させてやろうという思惑が神田派に強まっていることはたしかです。先日の総選挙でも、神田派はむしろ最近の環境ブームに乗って、環境保護の立場から工事見合わせをうったえていたぐらいです」

県内の勢力分布としては、大牟田派はG県一区、三区、神田派はG県四区から選出されていて、直接県内では争わないよう、棲み分けが成立している。しかし次期総裁のライバル合戦が熾烈になるや、ついに資金源を断つ争いにおよんだというのである。

「うーん」

浩平はうなった。

「ありそうな話だけど、またちょっと、ありそうすぎて、嘘っぽい話ですね。いずれにしても生臭すぎて、どうも私は、そういう話がからむようですと、この事件には乗れそうもないいな」

「いや、これは失礼しました。私は草野さんを混乱させたり、事件にかかわる気を失わせるために、この話をしたわけではないのです。ただ、そういう背景も一部あると見たほうがいいのです。私は、こういう要素も事件には関係しているのでは、と見ています。

じつは、最初にカラスをけしかけたとして逮捕された相楽《さがら》容疑者ですが、彼には、カラスを煽動《せんどう》するような能力はないし、彼はもともと天楽谷の人ではありません。G県の他の地区から流れ込んで来た人で、神田派の地盤からきたといわれています。よく調べてみないと分かりませんが、裏で神田派の人間が工作をして、カラスと人間との諍《いさか》いに事件を発展させた疑いもあります。

つまり最初の事件の発端は、あるいはアオたちがからんだカラスのダム工事に対する妨害闘争かもしれません。カラスは頭がいいと言われていますからね。

それくらいのことはやりかねないかもしれません。しかも、ここにはアオという、カラスにも優《まさ》るリーダーがついているのですから。しかし、その後の作業員搬送のマイクロバス墜落とか死亡事故や人・カラス戦争となると、工事阻止にしては凄惨《せいさん》すぎます。これらはむしろ最初に鳥たちの起こした一連の事態に乗った、神田派の陰謀という説も十分うなずけるわけですよ。それは、頭にいれておいたほうが、いいかもしれませんよ、草野さん」

驚いた。これはまさにアオたちと話してみて感じた点であった。最初の工事阻止はアオたちも認めていたし、たぶんまちがいなかった。しかし、人間を殺めるようなことは鳥たちはやっていない。それはむしろカラスたちを興奮させておいて、その陰で動いた人間たちの陰謀である可能性が高かった。そのことについては、昨夜アオは調べてくると約束した。結果を待とう。はっきりさせないと、この事件は生臭い底流が渦巻いていそうだ。

それにしても、この耕助は、ちょっと口数が多すぎて軽率のようにも見えるが、なかなか鋭い。さすがに長年取材をしてきた敏腕のジャーナリストだけのことはある。

「いろいろ余計なことをお話ししすぎたかもしれません。そろそろ時間もいいようですから、下の谷のほうに行ってみますかね」

そう言って耕助は何もなかったかのように伝票を取り上げると、レジに向かった。

「いや、ここは結構ですよ、取材費で落とせますから」

手慣れたようすで支払いを済ませると、会館をあとにした。

第5章

長

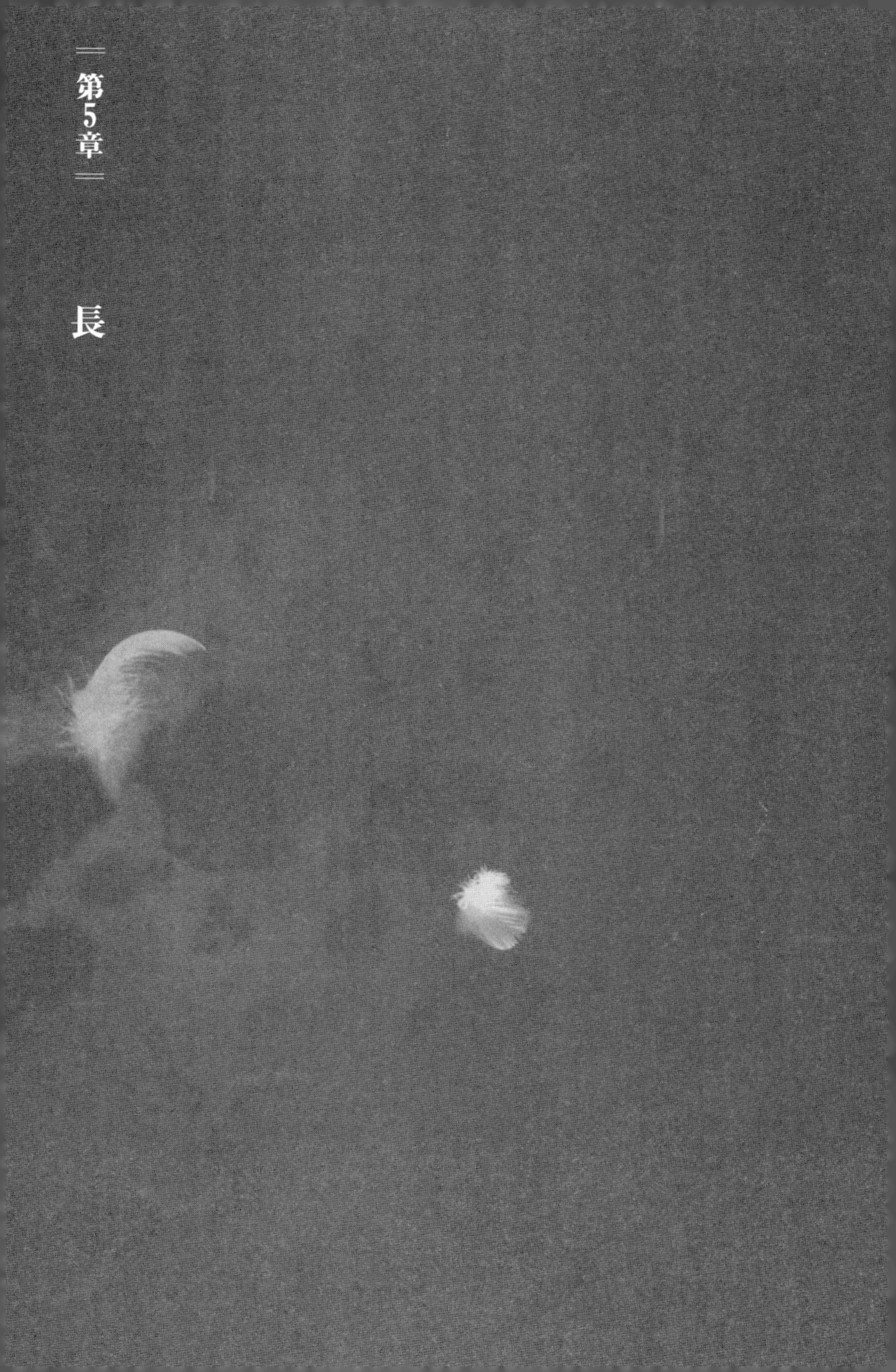

下の谷のてんらく館で、長《おさ》が待っているという。向かう途中、浩平は長についての予備知識を得ようと耕助に聞くのだが、なかなかストレートな返事が返ってこない。

「なんせ、私ら凡人が、とやかく批評するような人物ではない。大きな何かしら神秘性をたたえている人ですよ。そこはまあ、直接会って、自分で印象をお持ちになるのがよろしい。あらかたのことはご存知かもしれませんが、略歴だけは申し上げておきましょう。生まれは、一九二〇年というから、今年でちょうど八〇歳。ここまでいたって壮健で活動的でしたが、最近少し心臓を弱くしたらしくて心配されています。警察暮らしでどうでしたか。予想外に早く釈放されたのは、海外からの反響もさることながら、長の体が弱っていることも考慮されたようです。

平嘉平《たいらかへい》、長の親は、平仁左右衛門《たいらにざえもん》といって、やはり地元の名士でした。その下で長としての英才教育を受け、T大学の経済学部を卒業したころ、日本はどんどん戦争に深入りしていった。南方の戦線に行ったようですが、敗戦とともに復学してホテルの経営などを学び、その後一時ドイツのハイデルベルクに留学して、哲学を学んだようです。自由、共生、自律という共生会の核になる思想を身につけたのも、そのときでしょう。現在のエコロジー思想に通じるところもあるようですよ。帰国後は一貫して天楽地区の区長をつとめるとともに、天楽平音楽センターをつくったり、共生会を創設し、団結と自律を旗印に、共同体としての一貫性を守ろうとしてきたようです。もっとも敗戦直後から、昔とは時代が違うといって、海外の新しい知識を積極的に取り入れようとしたり、息子の才治をザルツブルクに留学させたりして、いわば積極的に西洋の文化に学ぼうとした。ザルツブルクというのは、たんにモーツアルト好みというのではなくて、自治都市のモデルがあるようですね」

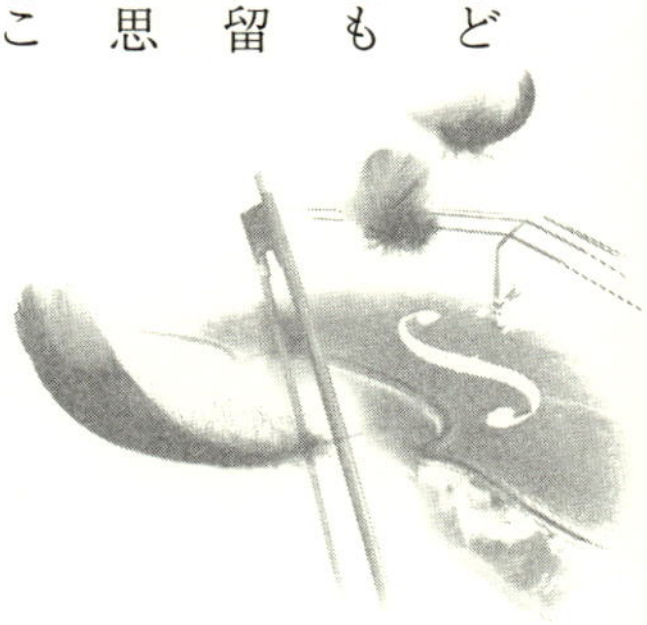

一呼吸して、耕助は締めくくった。

「平家の野武士の気骨と近代経営者としての両面をもつ男、いやそう言ってしまうとまた、まったく違うんですよね。これ以上は私にはお手上げです」

そうこうするうちに車は早くもてんらく館についた。そこが普段の長の居室《きょしつ》なのだろうか。すぐに三階の南の一室に通された。長と浩平のほかには誰もおらず、才治と摩耶がときどき出入りする程度であった。

「草野さんは、われらの最高の客ですわね。昨夜は粗相《そそう》のないもてなしができましたかな。いささか心配しております。いや、これは失礼。紹介が遅れました。平嘉平でございます」

「初めまして、草野です。一か月余りの拘留《こうりゅう》で、お疲れになったでしょう。警察の取り調べはきついでしょうからね」

「いやあ、くだらんことばっかり聞きよって。私はいっさい無視してやったいね。こっちは勝手に工事の不当性を一方的に繰り返すばかりなので、むこうも消耗したのではないですかなあ。そのへんが、釈放の本当の理由かもしれないさね。だって、それにしても、あんまりひどいじゃないですか。このダム工事計画というのは。なあ客人」

　相づちを打ちながらも、浩平はこの老人の一部始終、一言一句を見逃すまい、聞き逃すまいと神経を集中していた。抱いていた印象とはずいぶん違っていた。才治にも感じたことだったが、平家の落人部落のリーダーというので、威丈夫《いじょうぶ》な猛々《たけだけ》しいタイプを想定していたのだが、実際会ってみると、何か拍子抜けした感じだった。これが新聞で「ダム工事反対運動の闘士」と書かれた人物なのだろうかと思うほど、穏《おだ》やかで柔和《にゅうわ》だった。真っ白くなった頰髭《ほおひげ》が、少し古風な風貌と独特の品格をもたらしていた。口調ははっきりと、G県なまりに共通語がまじり、しかも平家譲りなのだろうか、味のある言葉づかいと話しっぷり

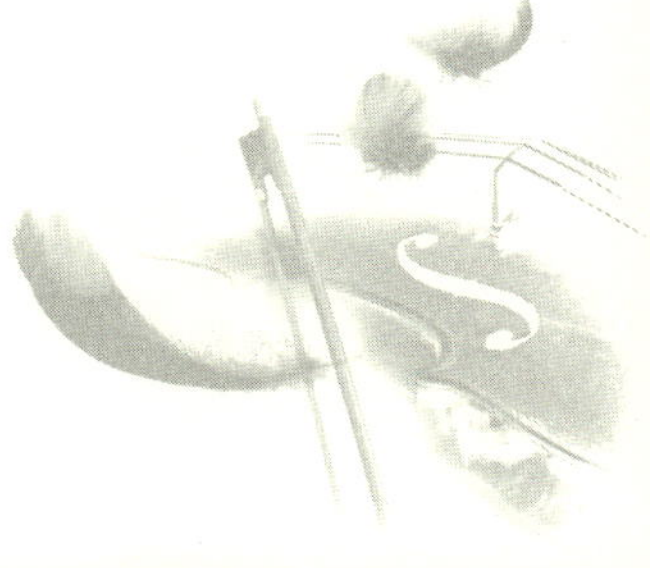

であった。ときどき入り込んでくるG県なまりのイントネーションが、浩平には懐《なつ》かしかった。

「事件のことは弁護士の角飼先生があとからおいでなさるから聞いてください。私が言うことは、何もありません。警察があげつらう鳥の煽動などというのは、いかにもいわくがありそうだけど、実態とすると、そこには何もないんさね」

その「ないんさね」というのが、いかにもG県口調だ。

「それよか、鳥の話をしておきましょう。なんせ今度の事件の核心だけに、これをちょっと理解してもらわんと、警察のやつらと同じ次元の話になってしまいますて」

長はそう言って、立ち上がろうとして、ぐらっとよろめいた。すぐに摩耶と才治が両脇から抱えるようにした。やはり少し体が弱っているのだろうか。

長が立ち上がって指さすあたりは、天楽谷から北の方面で天楽平の焼沼のあたりがよく見えた。よく晴れた日であった。ＢＧＭには、また安田の好みなのだろうか、モーツアルトのヴァイオリンソナタ42番Ｋ５２６がかかっていた。この弓づかいはアッカルドの演奏だろうか。

「このあたりは、鳥の宝庫と言われておりますが、あの焼沼も貴重な湿原の鳥の生息地やて。二瓶さんからお聞きになりましたかいね。何、何も聞いとらん。あれは優秀なジャーナリストじゃが、社会派というやつでな、まったく人間本位の興味しかないんでさね。だいたい最近の良心的といわれるジャーナリストは、環境問題も人間の環境とか人権という観点から興味を示すだけじゃろう。これじゃあ決定的に古い。いや、これはとんだ釈迦《しゃか》に説法《せっぽう》のたぐいでしたな。大先生に向かって、いらんことを言ってしまいました。わしらはこういうことは、元はといえば、草野さんの本から学習したってもんだいね。

焼沼は、今じぶんはまわりじゅうがヨシに取り囲まれて、オオヨシキリのたくさん棲んでるところですんさね。焼沼に行かれたときに、小さな鳥が賑やかにさえずっていたでしょうて。

鳥の世界のファーブルともいわれる仁部《にべ》先生は、〈彼らは初夏から盛夏の候まで、終日にぎにぎしく鳴きつづけ、……単調な田園で営々として農耕にいそしむ人々にとっては無二の慰安者《いあんしゃ》となる〉(『野の鳥の生態』4仁部富之助、大修館、一九七九年より)と書いておられますが、先生の書いた昭和一〇年代から二〇年代はじめのころに比べると、ヨシキリもずいぶん今は数が減りましたからねえ。しかし焼沼は今でも多くの水鳥の楽園です。今ごろはカイツムリの巣がいくつも見られるでしょうし、バン、カルガモ、コガモ、スズガモ、ヒドリガモ、コガモなどのカモ類、コサギ、ダイサギ、ゴイサギなどのサギ類、シギ類……。もう少したつと白鳥も渡ってくるんさね」

鳥の話となったら嘉平はもう止まらぬ感じであった。その焼沼のヨシを刈り取り、三倍に面積を拡張して三〇万キロワット出力の揚水発電所の貯水池にするというのが、ダム工事に付随した揚水発電所計画だ。もちろん鳥たちはいっせいに追い払われてしまうだろう。揚水発電所をここに造りたいというのは、当初のG県のダム工事派の計画にはなかったが、G県の北側の新潟県に巨大な原発基地をもつT電力が、夜間電力のやりくりに格好なものとして、あとから揚水発電所計画を申し出たのである。ダム工事建設派もT電力が資金を出すというので、喜んで受け入れた。T電力と通産省がからんでくるとなれば、建設省、G県にとっても強力な味方ができる。

「しかし、いったい揚水発電所というのは、そもそも、原子力発電所で余った電気の捨て場のようなものだとは、先生の本に書いてあったことでさね。いったい誰に断ったのか、あの何万羽という鳥たちをあの場から追い出してしまおうというんですから。まったく人間とはひどいもんだ」

カラスのことが気になる浩平は、水を向けた。

「平さん、それにしてもカラスはこの事件にまったく無関係なんでしょうか。どうも、そうとは思えないところがあるのですが」

昨夜アオと会って、今は返事待ちの状況であることも、隠さずに長に話した。どのみち摩耶から、昨夜のことは聞いているだろう。

「そりゃあおそらく、アオの言うとおりだいね。アオたちが人殺しをやるはずがない。トンビはそんなに馬鹿ではないですよ。しかし、カラスはもともと頭はいいが、食いしん坊です。今都会でもゴミあさりで大変な問題となっとるという話ですがな。このへんのハシボソガラスはゴミあさりはしませんけれども、最近ダム工事がはじまると、あそこの飯場《はんば》でずいぶん残飯《ざんぱん》がでるようになった。あれをねらうカラスも一部でてきて、味をしめたカラスが人間に煽動された疑いもあるかもしれませんなあ。いずれにしても、これだけは言っておきます。トンビは頭のよい動物です。私が敬愛する仁部先生もこんなふうに書いております。

〈トビとカラスとは昔からのけんか相手として知られている鳥である。しかし、彼らは本気でけんかし、追いつ追われつするのでなく、じつは一種の遊戯《ゆうぎ》に過ぎないという説がある。そういわれてみると、そうらしくみえるふしがないでもないが、ともかく、カラスはトビを不倶戴天《ふぐたいてん》の親の仇《あだ》のようにしつこく攻撃する。それも一羽だけでなく、二羽、三羽が共同戦線をはることもあるが、一方トビは、それらの無法者をてんで相手にしない。ひらりひらり身をかわしていいかげんにあしらっていれば、敵がいつか疲れてへとへとになってしまうことを知るかのように。……

トビとカラスの不和についてはいろいろの伝説やら伝承やらがあるが、トビ

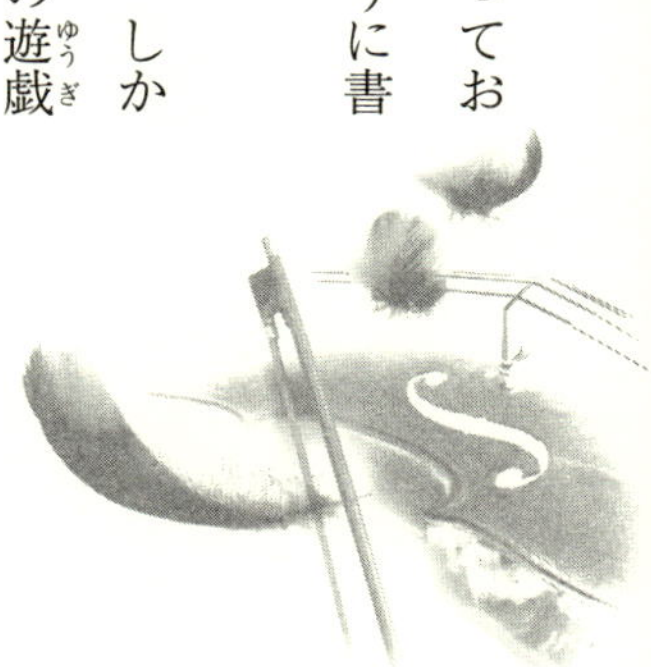

の前身が染め屋であったというたわいのないおとぎばなしはべつとして、次の話が、いくらか彼らの実生活にふれ、科学的な寓意《ぐうい》や示唆《しさ》があっておもしろいと思う。それはトビが人に巣をとられるさいに鳴き悲しむと、それと知って多数のカラスがかけ寄って意地悪く嘲笑《ちょうしょう》する。だから、カラスがやられる番になって鳴き騒ぐと、トビが集まってぐるぐる旋回《せんかい》しながら笑って先の仕返しをするというのである。トビにしてもカラスにしても一方が騒ぐと他方がどこからともなく集まってくるのは事実らしい……。

空中戦では勇敢にせめる方のカラスよりも、大きいずうたいをしながら、いかにも卑怯そうにひらりひらり身をかわして逃げまわるトビが、かえってほめものになっているのも妙な人情の機微《きび》である。すなわち地方人にいわせると、トビが利口者だから鳥の生命ともいうべき翼《つばさ》を損じては——と、あくまで自重《じちょう》的態度をとるのだ。だからトビがいったん怒って本気に立ち向かうとカラスはひとたまりもなく敗北してしまう。ところが、がむしゃらでおろか者のカラスは、トビが逃げまわるのを自分をおそれてだと思い込み、やっきになってせめたてるので、結局へとへとに疲れてしまう〉（同上書2より）

まあ、カラスとトンビは浅からぬ縁があるが、本当に喧嘩《けんか》しているわけではなさそうで、適当にからかっているのでしょう。しかし、頭の良さでは、トンビが一枚上。カラスが頭が良い良いと言われてますが、トンビはその上をいっている。しかもアオはとびきりの利口者です。おそらく、今夜はアオがやってきて、はっきりした話があるでしょう。直接アオから聞いてみてください」

長はひとしきりアオのことを話しはじめた。アオが猟師に撃たれて傷ついた体を温泉場で癒していたときにめぐりあって以来、もう十年を越す付き合いが続いている。山で迷い込んで道が分からなくなったときなど、アオを呼ぶとすぐに来てくれて、こちらの呼び方、相手の答え方にもいくつもの口調があるこ

となど、アオのこととなると、楽しくて仕方がないという感じでつづけた。

「世間はカラスと人間の争いのようなことを言っているが、そんなところに事件の問題の本質はないでさあね。こっちもそれで争うつもりはない。それだけだったら結局のところ、G県の保守勢力の政治争いに利用されるだけですわ。やはり、鳥の生存権の問題を正面に立ててこの事件を争うのがいい。日本の裁判で法律論争に勝つか負けるかなどは、たいした問題ではない。もっと広範囲の人々に鳥の生存権と森の保護の問題をうったえられるかどうかが、勝負だと思うが。先生はどうですかな」

「そう、それは僕も賛成です」

話がはずんでいるところに、角飼《つのがい》弁護士が到着したとの連絡があった。

角飼とはやや事務的な打ち合わせといった感じになった。裁判は一二月ごろから始まりそうなこと、そのときの被告側の立証の基軸は嘉平の教唆《きょうさ》・煽動《せんどう》能力の有無におくのではなく、鳥やほかの生物の生存権の確保におくという長の主張にしたがうことで、角飼も同意する。しかし彼にはその点で十分な蓄積がないので、ぜひ草野の積極的な協力と、その種の環境問題に強い弁護士を草野のつてで捜してほしい。角飼の言い分は、そんなところであった。

耳を傾けているうちに、急に五〇年近く前の中学時代のことが甦《よみがえ》ってきた。たしか角飼は同じ中学校の浩平より一年先輩で、当時から学内きっての正義派で、口角《こうかく》泡をとばすといった勢いで諸問題を論じていたのが、下級生にとってとくに印象的だった。人間というのは、五〇年たってもそんなに変わらないものらしい。

「角飼さんって、M市のF中学校の私の一年先輩だった角飼さんでしょう。そういえばあのころから、弁護士になりそうな雰囲気だったですよね」

「そうか、草野さんね。もちろん草野さんの名前は前から知っていたけど、F中の後輩だとはなあ。そう言われてみれば、たしかに一年後輩に草野君っていう元気な人がいましたよね。これは失礼。僕はまるきり結びつけて考えていなかった。しかし、あなたもあのころからあまり変わっていないようですね。それにしても世間は狭いな」

「こんな変わった事件に集まってくるのは、皆似たような素性なのでしょうて。めぐりあうべくしてめぐりあったこういう者が頑張らねばいかんように、世の中はできているのですて」と長。

「そんな因縁もあるんじゃし、草野さん、ここは心を決めてお願いします」

たしかに、今さら私は知りません、というには、因縁が強すぎる。

「だいたい心は決めていますが、最終的な回答は、明日、私がここを出発する前に平さんにお伝えします。ただし、いずれにせよ私は裁判には強くない市民科学者兼活動家です。私としては長と同じで全世界の人たちに呼びかけて、ダム工事を止めることに力点をおきたいと思います。県内の生臭い政治がらみの刑事事件のほうは、悪いけれど私の持ち分でないから興味はありません」

長も角飼もそれでよい、と承知した。

その夜、公会堂の小ホールでおこなわれた長の帰《き》還《かん》祝いと浩平の歓迎《かんげい》をかねたコンサートは、小さな集まりだったが、忘れえぬ音楽会となった。

進行役の才治の型どおりの挨拶ではじまると、長が例の調子で自分は「元気、ダムは絶対工事阻止、鳥たちの生存権の確保！」と声をふり絞った。

第一部は天平、荘太郎、節子、隆によるモーツアルトの弦楽四重奏曲「不協和音」。多少、音程にあぶなっかしいところもあったが、弦楽四重奏曲は四人の奏者の対話が勝負である。その意味では四人がやりとりを楽しみながら曲が

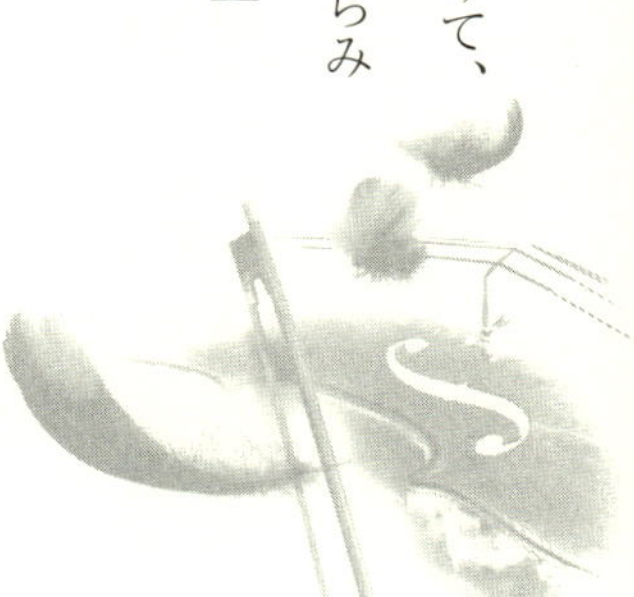

進行していって、なかなか良いできばえだった。

中休みになったときに、浩平が長に言った。

「なかなかすばらしい演奏じゃないですか」

「うーん、まあまあ、ですな。序奏の不協和音の部分がちょっと呼吸が合わなかったのお。第一ヴァイオリンの天平はさらりといこうとしてたけど、荘太郎や節ちゃんは、あの混沌とした不協和音部分に思い入れを込めて長々とひっぱりたがった。あすこで少し足並みが乱れた。あの不協和音のあと、曲が一転して明るくなっていく、あのあたりからは良くひけてたと思うけど」

「あの部分は昔から演奏家によって、ずいぶん違いのあるところですよね。あのトンネルのような混沌に長くとどまってから次の明るみにでるか、混沌をさらりと抜けてすぐに明るみに出るか。演奏する側の思い入れが分かれるところです」

「うーん、さすがに詳しいですなあ。草野さんは、どっちのほうですかい」

「私はどちらかというと、あの耐えるような混沌がずっと長くつづいて、長くじっとこらえにこらえぬいたあと、そこから抜け出る、その感じが好きです。私のもっているCDでは、ハーゲンなどはあの部分が一分一五秒ぐらいで終わりますが、アルバン・ベルクでは、一分四〇秒ぐらい、ジュリアード四重奏団になりますと二分もつづきます」

そうこうするうちに休憩が終わって、第二部が始まった。

思わず眼を見張った。第二部は天平のフルートの伴奏に乗せた摩耶のソプラノ独唱だった。摩耶は長い髪をたらして顔の半分をおおうような化粧っけのないジーパン姿の少女スタイルからすっかり変身して、いかにもソプラノ歌手平摩耶になりきっていた。髪をアップにセットし、胸元もまぶしいドレスをきた摩耶は、成熟したソプラノ歌手そのものであり、とびきり美しく、ヒバリがさ

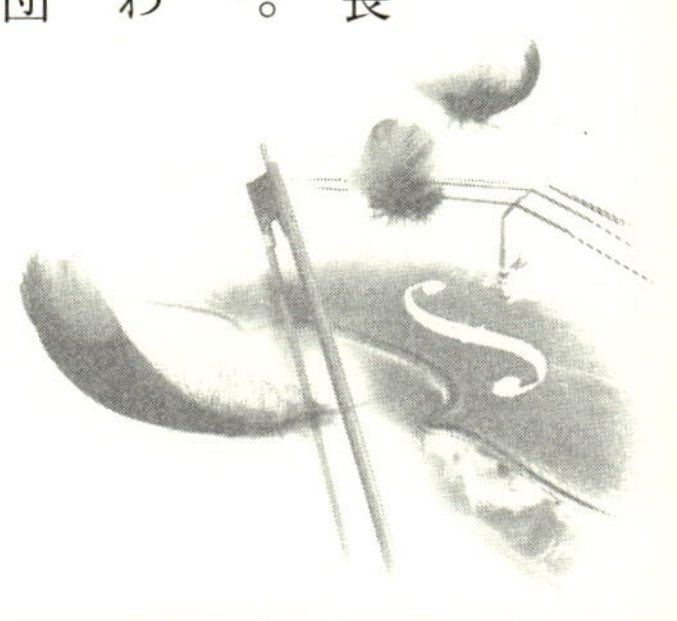

えずるようなソプラノだった。玉をころがすような質感ながら、その声には独得の野性味と哀調があった。浩平はただただ息をのんで、天空からの調べに聴き入っていた。全身が重力から解放され、生成流転《せいせいるてん》する物質の宿命からも解き放たれる心地だった。

摩耶は「すみれ」など、モーツアルトの歌曲を二、三曲歌ったのち、地元の民謡を西洋風にアレンジしたものを歌い、最後にトンビの歌を歌った。

「とんび、とんび、とびさぶろう、なぜにそんなに舞い続ける、
くるくるくる輪を広げ、なぜにそんなに舞い続ける。
とんび、とんび、とびさぶろう、なくした子どもが見つからない。
くるくるくる輪を広げ、子どもを捜《さが》し、舞い続ける。
とんび、とんび、とびさぶろう、なくした子どもを見つけるまで、
くるくるくるくる輪を広げ、いつまでいつまで舞い続ける」

第6章

告白

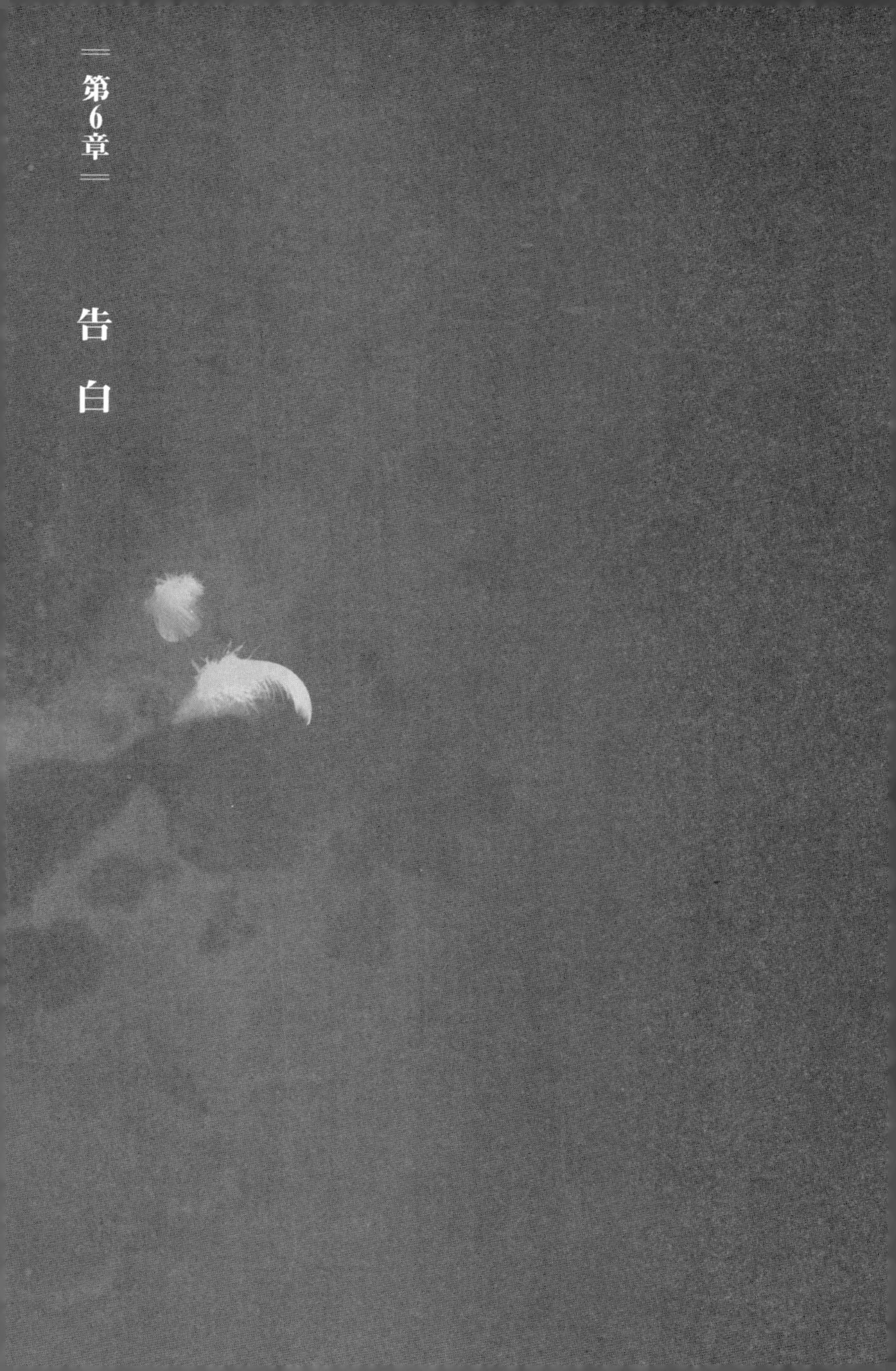

コンサートのあと約束の一〇時半ごろ、摩耶はまたてんらく館の浩平の部屋を訪れた。ひとりであった。すっかり化粧を落として紺のジーンズの摩耶に戻っていたが、もとの年齢不詳の少女摩耶ではありえなかった。浩平はひとりの女性としての摩耶に、初めて個人として接した。そんな浩平の内心の動揺を気にもとめず、

「今、アオが来ます」

例の明るい調子で摩耶が窓際に立って障子《しょうじ》を開けると、まもなく「トントン」とガラス戸を叩いて、アオがやってきた。

「今日はアオとともに、カラスのカー助も来ています」

「カラスも一緒か。それもいいかもしれない」

摩耶はガラスを開けてアオたちを入れた。谷間をわたる冷たい夜の風が、さあーっと入ってきた。一瞬身を震《ふる》わせるほどの寒さだったが、上気していた浩

平には心地良かった。例のピーヒョロロローの挨拶が終ったあと、カー助もクワックワッと、都会で聞き慣れているギャアギャアという声に比べるとはるかに柔らかい、甘ったれたような調子で挨拶をした。それからアオはグルグルと低いトーンで摩耶にしきりに事情を説明した。つづいて浩平に向くと、深々と頭を下げた。それはまるで、人間が挨拶の礼をするような調子であった。カー助はそんなにうまくはいかなかったが、ちょっと頭を下げて、クワックワッと言った。こうやって近くで見ると、カラスも案外かわいい。

「やはり、一部のカラス、ゴロ助たちの集団ですが、人間にエサをもらい、煽《あお》られて戦争のまねごとにかかわった。もっとも本当に人間に何百羽も撃たれると思っていなかったようで、これは完全に人間のほうがカラスよりも悪賢《わるがしこ》かったようです。しかし、作業員のバス転落には、直接的にも間接的にもカラスはいっさい手を下していない。エサをまかれて、現場近くに舞い降りた連中はいるようですが、バスの運転妨害まではやっていないと言い切っています。カー助は天楽谷のカラスのリーダーですが、アオもカー助の言うことは信用してよいと言っています」

「要するにこういうことかな」

浩平はゆっくりと整理してみた。

「最初の重機運搬車転落はアオたちの計画でおこなわれた。あとの作業員のマイクロバス転落は、人間のしくんだ陰謀、おそらく反大牟田派の犯行。その後の人・カラス戦争には、ゴロ助たちの集団が誘われて巻き込まれた」

アオはうなずいてカー助に何か言った。カー助もうなずくようなそぶりをした。アオはややあって、何やら摩耶に話した。

「ゴロ助たちの一味は、森の掟《おきて》にしたがって、天楽谷から追放処分になったようです。もう彼らは、帰ってこられないでしょう。カラスたちにも手落ちがあった。しかし、基本は人間たちの醜《みにく》い争いです。どうか本質を見誤らないで欲しい。これは私からのお願いです」

摩耶は大きな眸《ひとみ》で、まっすぐ浩平の眼を見つめた。吸い込まれそうな眸だった。

摩耶も上気しているようだった。しばらくのあいだ、重い沈黙が部屋を支配した。二分も経ったろうか、ようやく浩平は意を決した。

「よろしい。私はやりましょう。アオたちの主張を天下に明らかにするよう、およばずながら草野浩平、力をそそぎます」

摩耶にもアオにもカー助にも、喜びと安堵《あんど》の表情が浮かんだ。しかし、すぐにでも礼を言って部屋を出ていくと思われたアオのようすがおかしい。

アオは先にカー助を帰すと、摩耶の膝《ひざ》に身をゆだねるようにして、甘えの姿勢をとった。それから先は摩耶とアオの二人（？）だけの世界だった。まったくひとりと一羽というより、二人としか言いようのない世界だ。アオが何やらしきりに訴え、摩耶はアオをすっぽりと全身で抱きかかえるようにして、アオの鳶色の羽根をさすった。それはさながら恋人たちが愛撫《あいぶ》するような姿だった。

「この二人のあいだには、特別の感情が生まれているに違いない」と、嫉妬《しっと》にも似た感情が起こりかけた。浩平はそんな自分の感情に驚いてつとめて平静を装って、二人のやりとりから眼をそらし、立ち上がって下に広がる夜の天楽の森を見るともなしに見ていた。

十分も経《た》ったろうか。アオはなだめられるようにして摩耶から離れた。そのままひょいと浩平の所にやってきて、しばらくじっと浩平を見ていた。優しい目だ、そう思った一瞬、アオは飛び立っていた。

「どうも妙なところをお見せして。アオが今日は妙に甘えてしまって」

意外にも摩耶のほうから口を開いた。

「おかしいの。アオは私が草野さんを好きになったのだと思って、嫉妬しているのです。でも、アオと私は深い愛情で結ばれているとはいえ、人間同士の恋愛というのとは、まったく違うのです。それに私と草野さんとは、昨日お会いしたばかりで、二人になってこんなふうにお話しするのは、今が初めてだというのに。おかしいわね。でも、草野さんという大きな存在が、私たち平家のなかに飛び込んできた、そのことにアオは何かを感じているのでしょう」

摩耶は浩平から視線をそらせ、アオの飛び去った闇を見つめていた。

「これは、なんだか妙なふうですねえ。でも、あの偉大なリーダー、アオがそんなことですねるとは、思いもよらなかった」

さらに一呼吸置いてから、浩平は切り出した。

「こんなふうな話になるのだったら、今度はぜひ、私の決意を摩耶さんに聞いてもらわなくてはなりません。もちろんこの事件を引き受けることに関係した決意ですが、それだけではない。私の告白です。つきあってくれますか」

摩耶は少し当惑したようすでもあったが、きっぱりうなずいた。

浩平は摩耶のほうを見ずに、いっきに話を始めた。


この八月、背すじから首すじにかけて、ときどき激痛に悩まされて病院を訪れた浩平は、検査の結果、かなり進行した肺ガンであると告げられた。肺の各所にガン病巣《びょうそう》が点在しているので、外科的な処置や放射線治療は不可能で、化学療法を試みる手が唯一の治療手段だと、化学療法すなわち抗ガン剤投与による治療に関して相談に乗ってくれた専門家は説明した。

「いろいろ薬はありますが、決定的なものがありません。オプションは三つあります」

「オプション？」

「ひとつは強い抗ガン剤を静脈《じょうみゃく》投与することで、それには入院が必要です。成功率、たとえば三年生存率は、三〇パーセント程度で、けっして高いとは言えない。副作用がひどく、場合によってはこれで参ってしまう患者もいます。

第二はもう少し弱い抗ガン剤を、通院しながら投与することで、これのほうが副作用は一般に少ないが、やはり人によってはかなりの下痢《げり》、嘔吐《おうと》、発熱などがある。こちらのほうの成功率は二〇パーセント程度です。

抗ガン剤の効果がそれほどでないので、第三のオプションが生まれる。これは何もしないというオプションです」

「何もしないオプション?」

浩平は耳を疑った。

「ガンと闘うなという本が評判になったでしょう。化学療法の医師としては、全部あれに賛成するわけにはいかないし、乱暴な記述もあるが、あれもひとつの真実です。抗ガン剤は、必ずしも効果が期待できるとはかぎらないし、QOL（生活の質）は当然落ちる。それなら、あと半年なり一年なり好きなことをやって暮らすほうが、よりましな選択かもしれない。人によっては好きなことをやることで自己免疫力《めんえき》がふえて、ガンが消えることもあるのですから。笑いがガンに良いってよく言われるでしょう。それぐらいガン治療の効果なんて、いろんなファクターの重なり合いで変わるので、決定的なことはないのです。抗ガン剤で苦しみながら一日でも長く生きるより、好きなように与えられた時間を生きると割り切って生き延びるのも、立派なオプションでしょう。場合によっては、それでガンを克服してしまうこともある。もちろん化学療法の医師としては、最初の二つのオプションのうち、どちらかをお奨《すす》めしますが、判断は本人しだいです」

こういうのもインフォームドコンセントというのだろうか。「インフォームド」と言うけれど、どういう抗ガン剤がどのような効果をもつかなどを詳しく聞いていくと、「人によっていろいろですから」と、言葉を濁《にご》されてしまう。副作用にしてもそうだ。その一方で、おびただしい「驚異のガン特効薬」というような民間療法や厚生省も認めていないワクチンなどがたくさん知られている。いずれにしても近い将来に死ぬ確率は、一般論として五〇パーセントよりはるかに高いと思わざるをえないだろう。「何もしないのもオプションだ」と言われると、どうも十分に告知、「インフォームド」された感じはしない。合意、「コンセント」をどうすればいいのかもはっきりしない。

しかし、はっきりしたことがあった。何もかも不確かななかで、結局は自分が生き方の選択をするしかない。これは医学の問題ではないのだ。医学の情報は、あくまでも予備的な背景情報にすぎない。与えられた半年ないしは一年、積極的治療は何もしないという猶予《ゆうよ》のあいだに、最大限、何をするか。何ができるか。これまでの人生の総決算ができるような有意義なことができるならば、ただひたすら病院のベッドで横たわって数か月余分に生き延びて副作用に苦しむよりは、はるかにましかもしれない。

各人の生は、各人が一生かけてつくる作品のようなものだ。そう思えば、人生の長さが六一であるか六五であるか七〇であるかは、さして重要ではなくなる。要は、主題と展開と終局の結び方だ。浩平は今までの自分の反原発とエコロジーの人生に、それなりに満足していた。しかしまだ、何かが欠けている。何か全体を締めくくるような最後の充実した作業が必要だと、かねがね思っていた。ガンの告知を受け、あと半年か一年の命かもしれないと言われたときは、ああその最後の締めくくりの時間もないのかと思った。

天楽谷へのかかわりを要請されたとき、最初に浮かんだのも「とても不可能だ」ということだった。それは、半年の余命しかない人間の引き受けるべきことではあるまい。しかし、天楽谷の人々の話を聞き、だんだん考えが変わってきた。とくにアオに会って、鳥たちの熱い思いに接したことが、大きな変化をもたらした。もしかするとこれは、天から授《さず》けられた機会かもしれない。一個人の生死を超えて、森全体の命のなかで自分の死を生かせるのかもしれない。まだ全貌が見通せたわけではなかったが、何かがやれるかもしれないと、しだいに確信がわいてきた。

でもまた今夕、天楽平の小ホールでモーツアルトの「不協和音」を聞いているときには、心のうちの混沌《こんとん》が増幅されていった。この混沌は六か月続くのか、一年なのか。それは案外プレーヤーしだいかもしれない。その向こうには、不協和音の主題のように、明快な展開がひらけるのか、これは作曲家しだいだ。モーツアルトも案外迷ったあげくに、あのような運びにしたのではないか。モーツアルトがK465を書いたのは、二九歳ごろのはずだ。K500番台から

600番台にかけてのいくつかの曲には死の予感を思わせるひびきがあるのに対し、この曲では生死の問題には迫っていない。神の声を五線譜にしたといわれるモーツアルトは、あの序奏の混沌のあとですでに生死を超えた境地に達していたのだろうか。

考えはなかなかまとまらない。しかし、何か天楽谷にかかわることで、いつ死ぬかという問いの次元を超えた何ものかが自分のなかに生まれてくるような気がした。

浩平は熱にうかされたように語りつづけた。摩耶にというより、自分に言い聞かせるように。

「それに、たった今、何か急に僕の心のなかにこみ上げてきたものがあるんだ。よく言えないんだけど、さっきアオのあの態度を見ていたでしょう。それが妙に熱いものを僕の心に呼び起こした。最初は嫉妬の感情がはたらいたのかと思った。たしかに僕は摩耶さんを好きになったからね。アオがそう思ったって不思議はない。しかし、よく考えれば嫉妬なんかじゃない。アオは私とも仲良くしようとしているんだ。それなのに、私がアオを対等の仲間として見ようとしていなかった。しょせん、トンビはトンビぐらいに思っていた。

それに対してアオは抗議していたんだ。いや抗議なんかじゃない。三人で協力して天楽谷を守ろうとしなくては、と誘《さそ》ってたんだ。もちろん、愛もあったろう。それは僕の考えていたものより、はるかに大きな愛情だったんだ。アオが飛び立つときの僕への目つきを見て、それをいっきに悟《さと》ったんだ。とたんに、アオも摩耶さんも、天楽の森も何かいっそう恋しいものに思えてきて、僕も何かここでできるのではないか、いや、やらなければいけないと。

何ができるかわからないけど、僕の最後の人生を天楽谷に賭《か》けてみよう」

気がつくと、摩耶があの大きな眸をいっぱいにあけて、目の前に迫っていた。両手を強く握りしめた浩平の手の上から、摩耶がさらに強く握ってきた。熱い手だった。

「何も知らないでお願いして。すぐに結論を欲しがったりしてすみません。でも、今のお話はとても感動的でしたわ。ダムは止められる。本当にそんな気がしてきた」

二人はしばらくそうやって手を握り合ったまま、じっと見つめ合っていた。とても長く感じられたが、せいぜい五分くらいであったろうか。摩耶の眸には涙があふれてきた。

「さあもう遅い。今日はこれくらいにしよう。私たちは、これからは同じ闘《たたか》いの同士ですよ。いつでも会える」

自分の限られた命を思い、浩平はこれ以上摩耶に深入りすまいと誓《ちか》った。

第7章

歯車がまわる

つぎの朝、浩平は長《おさ》に決意を伝えると、活動拠点にしている東京のＮＰＯの事務所に連絡して簡単に事情を説明し、今後のスケジュールをいっさいキャンセルするよう指示した。スタッフは浩平の病状を心配したが、いったん決断したらくつがえらない浩平の性格を知りつくしているので、不承不承《ふしょうぶしょう》ながらも聞き入れてくれた。

後顧《こうこ》の憂《うれ》いがなくなり、さっそく行動計画を練ることにした。

「無理をして疲れませんか」

摩耶は心配した。

「いや、だいじょうぶ、これが僕の性分《しょうぶん》だよ」

じつは、かなり疲れを感じていた。背中も痛む。しかし、鎮痛剤《ちんつうざい》を飲みつつも、心は燃えていた。こうとなったら迅速《じんそく》に行動する必要がある。何ごとも先手をうつにかぎる。浩平の要請で反対運動の中心をになう共生会の主だった人たちが急きょ午前一〇時から集まって、第一回の行動計画の打合会が開かれた。まず最初は皆の意見を出し合って、情勢分析をする必要があった。

今までダム推進派の動きについては、少し共生会側では楽観しているところがあった。天楽地区の反対が強いため、ダム工事計画は変則的な認可の形態をとった。まず天楽地区の人たちの私有地や共有地のある天川の東側一帯ははずして、西南の地区に第一期工事としてダムをつくることだけが認められ、その工事にとりかかった。全体を認めれば、強い反対運動のある天楽地区は土地を強制収用しなければならないのは明らかだった。来年の秋に総裁選をひかえた大牟田《おおむた》派は、それを嫌った。成田空港などの経験にも学んだのだろう。しかしことを荒立てずにとりあえず進められるだろうと思っていた彼らは、一連の交通事故から、人・カラス戦争をきっかけに一挙に攻勢に出て、長の逮捕《たいほ》・起訴《きそ》までいった。おそらく今年中に強硬に出て、長を押さえつけてしまえば天楽谷の反対運動は勢いを失うだろう。来年の総裁選の前にすべて決着をつけられると。また、自由保守党内の総裁選争いも関係していたのかもしれない。

しかし、いずれにせよ、こうなった以上はこちら側も呑気《のんき》に構えているわけにはいかなかった。さっそく今までのダム反対のキャンペーンをさらに何倍にも強化して盛り上げよう。天楽谷の森を守ろう、さらに天楽の森一帯や焼沼の自然を守ろう、ダム工事計画を中止に追いやろう。それは早ければ早いほどいいに違いなかった。

会議の結果、当面三つの方針が決められた。

第一は、まず一二月からと予想される長の裁判に取り組むこと。裁判の冒頭から、たんに罪状を否認するだけでなく、積極的に鳥たちのためにもダム工事を止めさせることを、長の陳述《ちんじゅつ》のなかに展開する。長には裁判での長い陳述は無理かもしれなかったが、長をもってすれば世界に通じる陳述書が書けよう。

浩平も少し手伝えるかもしれない。

第二に、国際的な科学者の調査チームを組織して、天楽の森、焼沼一帯がいかに鳥たちにとってかけがえのない生息地か、いかにかけがえのない森かを早急に天下に科学的に明らかにする。

六、七人、内外の国際的な調査チームをただちに組織し、至急に調査を開始してもらう必要があった。

焦点は来年の春。今年はいずれにせよ、しばらくは工事は再開されないだろう。そのうちに一一月末にでもなれば、雪がふり、あたり一帯は凍結して工事ができなくなる。工事が再開されるのは来年の五月ごろからだろう。そのときまでに反対のキャンペーンを大きく展開して、再開など論外といった雰囲気をつくるというのが、皆の一致した意見となった。

第三は、その五月に大きなコンサートをやって、世界にうったえかける。例年四月末から五月初頭の連休にかけては、いわゆるＣＭＣ「コンプリートリー・モーツアルト・コンサート」がおこなわれることになっていたが、来年はＣＭＣではなく、この天楽谷のダム工事阻止に絞ってコンサートをおこなう。それもダム工事阻止という闘争口調のものでなく、「天楽谷の人と鳥の共生のためのコンサート（仮称）」としておこなおうということになった。

その内容についても、かなり議論が交わされた。コンサートは二日間、三部だてとし、一日目は夕刻から第一部、内外の著名な演奏家の友情出演による天楽谷支援コンサート。第二部は平天平《たいらてんぺい》のフルート独奏「森と鳥の歌」。この「森と鳥の歌」というのは、すでに有名なリトアニアの作曲家ルッピンスキーにより天平のためのフルート独奏曲として作曲され、今年初演される予定だったが、急きょ来年に延ばすことになった。もちろん、それにはルッピンスキーの許可を得なければならない。しかし、天平もこの案には賛成だった。

当初の案はこれでひととおりまとまった。ところが、この議論が終わったところに、長が切り出した。

「これじゃ、何かもの足らんのう。そうだ、鳥たちのコンサートをやろう」

「鳥たちのコンサート?」

皆がいっせいに聞き返した。

「そうじゃよ。鳥たちの舞とさえずりで一大イベントを演じるのだ。いや、もともと鳥は、そういう音楽に合わせて舞ったりする才能をもっている。しかし普段は、人間の前ではなかなか披露《ひろう》したがらないし、披露する必要もない。彼らがそうすることを私や摩耶はようく知っとるよ。でも今までわれわれが知っとったのは、小さな規模だった。今度はアオに話をして、何十万羽という天楽の森の鳥たちを一同に集める。彼らの森を守るためのコンサートだ。彼ら自身がそれをやって見せなければならない」

長の言うのはこういうことだった。人間だけがやれば結局、人間が鳥たちを煽動《せんどう》しているという人たちの主張をいっそう強めかねない。ここはひとつ鳥たちが自分の森を守る意志表示をすることだ。だが、果たしてそれは可能なのか。そして、もし可能だとしても、逆効果にならないだろうか。ひとつは鳥たちがうまく演じられないときだ。「それ見たことか、やはり鳥は鳥。人間にそそのかされてやっているだけだ」という話になる。最大限鳥たちがうまくやっても、やはり人間が糸を引いているということにならないだろうか。

多くの人が慎重論だった。浩平も最初は慎重論だった。しかし、摩耶がここで強い賛成論を主張した。

「鳥たちならできる。人間の煽動説があるときだからこそ、むしろそれをうち破るように鳥たちが自分たちで演じてみせるのよ。天楽の鳥たちならできるわ。鳥たちがそうした主体性をもった存在であることをアピールするのが、私たちの本来の目的でしょう」

この正論に反対する者はいない。しかし、本当のところどうなるのか、誰しも自信がなかった。長と摩耶の言葉を信じるしかないのか。皆が行き詰まったときに、浩平が立ち上がった。

「いや、僕もわからない。しかし、ここは鳥たちのことだ。長と摩耶さんを信じるのがいちばん正しいかもしれない。とにかくこれに賭けてみようじゃないか。もし何十万羽という鳥たちがうまくやってくれたら、それこそいかなる人間の演技などよりもはるかにすばらしいアピール効果をもつだろう。もし失敗したら、そのときはみじめな結果になるだろう。しかし、それはそれで結局私たちと鳥たちの関係がそれだけのものだったということになる。やむをえないではないか。いや、これは失敗させてはならない。われわれが力を合わせて、断固として成功させよう！」

いつしか演説口調になっていた。

興奮さめやらない浩平が呆然《ぼうぜん》と立ちつくしていると、居並ぶ人たちから拍手が起こった。皆の眸が輝いていた。

それから一二月初めまでの二か月半は、目の回るような忙しさだった。肺ガンの進行は日に日に明らかで、声はかすれやすく、痰《たん》には血痰《けったん》がまじるようになり、息苦しさもますいっぽうだった。しかし、命のカウントダウンの不安を忘れてしまうほど、浩平の日々は充実していた。

まず、一〇月半ばには、恒例のモーツアルトコンサートがおこなわれた。これはすでに、ずっと以前から呼びかけがおこなわれて一杯の予約状況だったので、中止するわけにはいかなかった。例年の手順にしたがって進めればいいといっても、日本全国から毎日千人以上の人が集まる。その上に、海外から来る人たちも合わせると、三日間で五千人もの人の面倒をみなくてはならないから、スタッフ一同大車輪だった。

しかし、この機会はダム反対キャンペーンの格好の場ともなった。これまでのコンサートでは、天楽谷の音楽イベントの表面にダム反対を掲《かか》げることは慎《しん》重《ちょう》にさけてきた。ダム反対を隠すことはなかったが、音楽で集まってくる人たちを政治闘争に巻き込むようなことは、あえてしてこなかった。しかし、今年は別だ。長の逮捕・起訴という攻撃がなされていた。それに対する意志表示は当然のことであり、聴衆もすなおに受け取ってくれたようだった。

今年のモーツアルトコンサートのハイライトは、マレーシア生まれの若手ピアニスト、マイケル・テンによるモーツアルトのピアノコンチェルト連続演奏だった。

テンは以前から才治の友人であり、ＣＭＣには何回も訪れて、すっかり天楽谷を気に入っていた。長を尊敬し、摩耶や天平の才能も高く評価していた。テンの今年の演目は、モーツアルトのピアノコンチェルト21番、23番、26番を三日間連続演奏するという野心的なもので、さすがにもっとも得意な曲だけに、聴く人をモーツアルトの透明な悲しみをたたえた華麗な世界にひきずりこまずにはおかないものだった。各紙面にも、絶賛する評が多くみられた。

それよりも人々を感動させたことは、テンが長との再会を心から喜んでくれたことだ。

「逮捕されたと聞いたとき、そんな馬鹿なと思ったけど、もしかするとこのままもう一生長には会えないのかという気がしてきて、不安でしょうがなかった。その長の前で演奏できたのだから、幸せこのうえない。僕も天楽の森と谷と人と鳥たちを守るためにできる限りのことをするよ。来年の共生コンサートには、他の予定を全部キャンセルしてもやってくるよ」

来年の演奏は、さらにコンチェルトを続けて、24番と25番、27番をやることになった。

コンサートの成功に酔う間もなく国際調査団の第一次天楽谷調査が一〇月末から始まった。調査団の代表は、スウェーデンの有名な鳥類学者、ノルドクヴィスト教授（ウプサラ大学）が引き受けてくれた。行きがかり上、浩平が事務局長となった。ほかに一人の鳥類学者、三人の森林生態学者、一人の水文学者、さらに浩平の強い希望で長も加わることになり、八人のチームとなった。短時間の招聘《しょうへい》にもかかわらず、荘太郎と節子の折衝《せっしょう》の手腕と努力が実を結び、これ以上はないほどの豪華《ごうか》な科学者の陣容《じんよう》となった。

第一次現地調査は、一〇月末から一一月初めにかけておこなわれ、明くる年二月には中間レポートができあがった。その内容はつづいて四月におこなわれる第二次調査の重要な基礎資料になるものだった。かいつまんで言えば、天楽谷は、ミズナラ、ブナの純林を中心とする豊かな広葉樹林であり、また焼沼以高の亜高山帯は、トウヒ、シラビソなどを主体とする針葉樹林である。それらを合わせたこの一帯は、四〇種、推定約四〇万羽の野鳥の生息地である。さらに天楽の森は、利水上、治水上も大きな役割をしている。この森を切り倒し、ダムにしてしまったら、かえって洪水や少雨時の枯渇《こかつ》を招くだろう。今度の調査で新たに営巣《えいそう》が確認された絶滅の危機に瀕する鳥たちも、オオタカなど五種類におよんだ。周辺の栃木、新潟、福島などでは部分的に生息が確認されていたが、G県のこの地域では未確認だったものだ。また、天楽平の焼沼も、多様な水生生物と水辺の鳥が生息する貴重な湖沼地であることが確認された。

「これら一帯をダム工事によって壊滅《かいめつ》させることは、人類の地球に対する犯罪にも等しい暴挙であろう」

中間報告は、そう結ばれていた。この報告は、環境庁に提出されるとともに国会でも取り上げられ、ノルドクヴィスト教授が参考人として意見陳述をおこなった。人々はダム計画の愚《おろ》かさをしだいに理解するようになり、鳥たちに対する理解も深まった。にもかかわらずダム工事が総裁選挙とのからみで強行されようとしていることに、地元でも批判の声が強まってきた。

しかし、地域には地域振興という強い駆動力があり、地縁、血縁という目に見えない結合力もある。それをダム推進派がうまく利用できるかどうかは、長の裁判の進行にもかかっていた。

天楽谷の皆にとっては、鳥たちの保護という世論がどれだけ大きなものになるかがポイントで、それは五月に予定される天楽谷の鳥と人の共生のためのコンサートの成功、とりわけそのハイライトである鳥たちの舞にかかっていた。

諸準備が忙しく進むなかで、浩平は摩耶との緊密さをいっそう深めていった。

しかし、あの夜以来、手を重ねることすら浩平はさけていた。ひとつには自分の限られた命に対する自覚があったが、それだけではなく、実際に浩平の体はしだいに衰弱と痛みで、性的な刺激を受け付けなくなっていた。摩耶の燃えるようなまなざしをやり過ごすのは、心苦しくもあったが、自分の身体の状況や葛藤《かっとう》をこと細かに説明するのもためらわれた。二人の間では、この話題はある種のタブーになっていた。

それにアオが微妙にからんでいた。アオは今や摩耶と浩平の緊密さを認めていたが、なお摩耶の心における自分の比重の大きさを主張するそぶりだった。とくに鳥たちの舞コンサートが、実質的に摩耶とアオの緊密な結びつきとリーダーシップのもとに進行し、そこには浩平は立ち入る余地がなかったので、アオも満足しているようすだった。

これは三角関係のたぐいだろうか。三人いや二人と一羽の微妙な友情関係の深まりと言うべきなのだろう。浩平も、今ではある程度、摩耶の通訳を経ないでアオと話ができるようになっていた。摩耶とアオとのあいだには、浩平の入り込めない世界が厳然とある。それはそれでよいのだ。三者は三様にそう感じるようになっていた。

一方いったんドイツの留学先に戻った天平は、ルッピンスキーと密接に連絡を取り合って、「森と鳥の歌」の練習に余念がなかった。

第8章 裁判

一二月初め、県庁所在地M市の地方裁判所において裁判が始まった。よく晴れた空《から》っ風の強い日であった。踏ん張っていないと、体ごと吹き飛ばされそうになる。頬《ほお》に小石がつきあたるような空っ風にも、浩平はいちだんと懐《なつ》かしさを感じていた。

裁判が始まる一〇時前に傍聴《ぼうちょう》席の抽選に参加しようと人々が列をつくって並んだころには、裁判所の庭といわず、周辺にあるM公園の木々の上には無数ともいえる鳥たちがすでに陣取っていた。鳥たちはややざわざわと音を出していたが、興奮するでもなく、静かに裁判の開始を待っているようだった。

第三七〇号法廷がいよいよ開かれようとしたとき、入廷を許された人々は「あっ！」と驚いた。すでに数百羽にのぼる、トンビ、カラス、ヒヨドリ、モズ、ムクドリ、ハヤブサなどの大型の鳥から、カラやスズメなどの小型の鳥までが、天井の梁《はり》にきちんと陣取って、裁判長の席を見下ろしていたのである。

廷吏《ていり》があわててこの鳥たちを追い払おうとした。長い竹竿をもってきて追い払っても、鳥たちはちょっと声をあげるだけで、ひらりと身をかわし、廷吏が引っ込むと、また元に戻ってくる。この追いかけっこは、羽根のない廷吏の側に最初から勝ち目はなく、彼らが真剣になればなるほど、人々の笑いを誘うばかりだった。いったいどこから入ったのだろうか。法廷の上部にはガラス戸があったが、これが何か所かあいていた。もともと廷吏があけておいたはずはないから、鳥たちがあけて入ったのだろうか。いずれにしても後の祭りで、この鳥たちを追い出すことは至難のわざだった。まさか銃を使うわけにもいかず、裁判長は苦虫《にがむし》を噛みつぶしたような顔をしたが、あえて無視する姿勢を見せた。実際無視してもいいくらい、鳥たちはおとなしくしていた。結局検察側も無視して、天井を占めた鳥たちには「沙汰なし」のまま、裁判が開始された。

検察側の起訴状朗読はとおりいっぺんにおこなわれた。平嘉平《たいらかへい》は毅然として簡潔に「すべて否認します」と罪状認否をした。

つづいておこなわれた検察側の冒頭陳述は、予想されたものであったが、いわば見てきたような嘘の典型ともいえた。

「最初の重機の転落事故から、マイクロバス転落にいたる三件の事件はすべて長の誘導によって鳥が手をくだしたものである。フロントガラスの前に、数羽のカラスが羽根をひろげ視界を妨げて運転を誤らせたが、それはダム工事を許せば、いずれは天楽谷にも工事がおよび、谷が水没して温泉観光が成立しなくなることを懸念《けねん》した平嘉平が、自らの鳥と意志疎通《いしそつう》をはかる能力を利用しておこなわせたものである。工事阻止にはダム工事の中心機器、新鋭掘削機《くっさくき》と大型クレーンを破壊することがもっとも有効と判断し、平成一二年五月一五日および同一七日早朝に、これら重機の運搬がおこなわれることをかねてから飯場に出入りしていた相楽《さがら》惣一《そういち》を通じて情報を得、これに間に合うようにあらかじめ鳥を訓練する行動計画を緻密《ちみつ》に立てた。平嘉平はかねてからハヤブサに鷹狩《たか》りをしつけるなど、鳥たちを訓練によって思いのままに行動させる能力をもっていたが、この犯行にはカラスを利用することを思いつき、約一か月前からカラスに運転妨害の方法を、訓練・伝授した。犯行当日は早朝より現場付近の山林中に待機し、カラス約一〇羽を重機運搬車の走行にしたがって放ち、フロントガラス前に羽根をひろげて視界を遮《さえぎ》って運転者の運転を誤らせ、谷底にトレーラー車を転落せしめたものである。

またダム工事作業員の搬送《はんそう》用マイクロバス転落については、二五日の転落に先立って、国合村《くにあいそん》本村猟友会会員によるカラスへの防御のための警告的射撃行為があったため、カラスのあいだに動揺《どうよう》がひろがることを恐れた平嘉平が、過剰に反応して地元本村住民よりなる作業者集団に危害を加えたものである。

五月一五日、一七日、二五日の各犯行時刻において、カラスの一定の集団的行動が現場付近においてあったこと、および事件から約一か月さかのぼる期間において、とくに平嘉平とカラスたちのあいだに緊密な作業訓練のためと思われる行為があったことは、数人の本村住民たちによって目撃されている。これらのいずれの日においても、犯行がおこなわれたと想定される時間帯における平嘉平のアリバイは成立せず、事件への関与は確実なものと思料される。

それ以外には、重機の谷への落下、および作業員搬送用のマイクロバスの谷への落下が連続的に起こったことの合理的な説明はつけがたい。事故現場付近は、本来的には見通しもよく、経験をつんだ運転手が運転をあやまるような場所でもなく、天候からしても、視界良好で運転をあやまるような要因は、いずれの日も存在しなかった。また、事故車に同乗した作業員によっても、妨害を狙ったとおもわれるカラスの飛翔が確認されており、またこれを裏づけるカラスの無数の羽も現場近くで採取されている。

天楽谷において鳥たちを自由に訓練し操ることのできたものは、平嘉平および平摩耶《たいらまや》が考えられるが、平摩耶にはアリバイが成立するため、この犯行に直接関与したとはみなせない。平嘉平はかねてからダム工事反対派のリーダーとして、数々の反対行為、業務妨害行為におよんでおり、今回の犯行においては、カラスを利用することを選んだものである。

以上をもって、本件は平嘉平によって、カラスを使って実行せられたものとみてまちがいなく、よって、最初の二件の重機転落事故については威力業務妨害罪および運転員ほか四名の傷害罪、ダム工事作業員搬送用マイクロバス転落に関しては、当初から殺意があったとは十分に認めがたいところから、傷害致死罪として起訴するものである」

検察官の冒頭陳述がおこわれているあいだ、平嘉平は椅子にすわって目をとじて聞いていた。ほとんど裏づける証拠のない、裁判維持すら困難と思われるような冒頭陳述であったが、考えていることとあまりにもかけ離れているせいか、彼の罪状に言及されたときにもほとんど反応せず、いっさいを無視するように陳述が終わるのを待っていた。

平嘉平はいったん立ち上がり、許可をえて座り、冒頭陳述書の骨子を読んだ。本来ならば冒頭陳述書全体を読み上げるところだが、最近とみに衰弱がはげしい嘉平の健康状態を考慮して裁判所も骨子だけの読み上げを認め、冒頭陳述書全体は文書にして別途提出された。

平嘉平は衰弱しているとはいいながら、朗々とひびきわたるはっきりした声で冒頭陳述書の骨子を読み上げた。

◎平嘉平の冒頭陳述書(骨子)

二〇〇〇年一二月一日

森と人々の関係について

天楽の森の鳥たちは、私たちにとって第二の生命ともいうべきものであります。朝に鳥たちのさえずりによって目を覚まし、声をかけ合い、生きる力を与えられ、夕にねぐらに帰る鳥たちに「お休み」の別れを告げて一日を終わる。この生活のリズムが何よりも私たちの基本になっていて、鳥たちとは分かつことのできない命の流れを共有しています。

朝早くから鳥たちが舞い、あわただしくさえずるときは、多くの場合、なんらかの異常が天楽の谷を襲《おそ》うときであります。強い空《から》っ風の吹くとき、台風の襲うとき、夏の暑い日々、旱魃《かんばつ》のとき、梅雨の初めと終わりなど、季節の変化も私たちはすべて鳥たちによってあらかじめ教えられ、警告されます。最近ではその季節の変化もだいぶ不規則になり、鳥たちを悩ましているようですが、それでも鳥たちと生きることによって、私たちはこの厳しい大自然のなかで生きることを可能にさせてもらっているのです。鳥たちの恵みに、まず大きな感謝を捧げねばなりません。

　私たちは、トビ、カラス、ハヤブサなどの大型の鳥とは、長年にわたって、独得の交流の手法を身につけてきて、お互いにかなりよく意志疎通をはかることができます。現在ではとくに天楽の森のリーダーのアオを通して、密な会話が成立することを隠すべくもありません。これは教唆《きょうさ》・煽動《せんどう》などとまったく関係のないことで、人間同士が相互に意志疎通をはかれることが、なんら教唆・煽動とか上下の関係にかかわりないのと、まったく同じことであります。

　モズ、ツグミ、ムクドリ、カケスなどともそれなりの交流がありますし、よ

り小さなケラ、カラの類、さらにはフクロウ、ヨダカ、トラツグミなど夜の鳥とも親交があります。「天楽谷にはハンターがよりつけない」と言われますが、ここでは、天楽の住民と鳥たちとが協力し合った情報網によって、ハンターが入ったり、異変があればすぐに森全体の生き物に伝わります。もっとも、個々の鳥の集団は、往々にして勝手気ままにふるまいがちですが、現在はアオのもとにとくに統制のとれたよい協力関係ができているといえるでしょう。そのような鳥全体が私たちを育て、助けてくれるのです。

もちろん、このような豊かな鳥たちの存在は、天楽の森とそれに密接に関連した天川の水系の豊富な水に負っていることは疑いえません。低山地帯のブナ、ダケカンバなど、亜高山地帯のトウヒ、シラビソの豊かな自然林と、一部谷近くの杉の人工林が、鳥たちの主な休息の場となっていますが、この天楽の森全体が、各種の昆虫類、小動物などの格好の棲み家《すか》となっており、それによって鳥たちも存在できているのです。もちろん、昆虫類は花の蜜などに集まり、リス、ムササビ、ウサギなどの小動物が木々の実に集まってくるのですが、古来、われらの先祖の適切な管理によって、この森が増えすぎず、崩壊《ほうかい》せず、木の芽や木の葉や木の実と昆虫や小動物のバランスが巧みに保たれて、今日までいたりました。これは一面、弱肉強食の世界ですが、一面から見ると自然の掟《おきて》にそった悠久《ゆうきゅう》の共生の世界でした。

その共生の世界に、一時の人間の都合によって、ダムなどという異物がもちこまれるのは、もはや天の名において、破壊行為と断ぜざるをえないのであります。私は殺生《せっしょう》が嫌いですし、長年のダム工事反対において、人間への危害や死亡にかかわるような行為にはいっさい無縁でありますが、それでも誤解も恐れずあえて心中を言えば、ダム工事という犯罪はそれじたい、直接間接に何千人という人間の生存権と、何十万という鳥たちの生存権を奪う行為であり、私

たち人間だけでなく鳥たちがあらゆる可能な手段によって、ダムを阻止し、その生存権を守ろうとするのは当然のことであり、この単純な理屈が分からぬ人間こそ、自己中心主義の狼藉者《ろうぜきもの》というべきです。

今では、動物にはそれぞれの文化があり、それを守ろうとする意志をはたらかすことも、学問的にも明らかにされています。トビ、カラスをはじめとする天楽の森の鳥たちが、一堂に会してダム反対を決め、トビのアオをリーダーに選んだのは、ごく自然なことであったでしょう。「鳥に反対する権利はない」などと人間に言う権利こそないのです。

鳥の反対する権利、それはさらに森の木々や、豊富な天川の水の意向をも代弁するはずですが、その鳥の権利をいかほどかでも認めるならば、鳥にまったく釈明のなかったこのダム工事計画は成立せず、そもそもこの起訴も成立しえないと確信するものです。

検察側は、その鳥たちの工事反対の意図を操《あやつ》った私に犯罪行為が成立すると考えているようですが、この立場には何重もの矛盾があります。

第一に、もし、検察側が鳥たちのダム工事反対の意図そのものを認める立場に立つならば、それを無視しておこなわれるダム工事計画じたいが不当であることは明らかです。

第二に、仮に鳥たちには考える力や意志の力はなく、たんに私平嘉平によって、鷹匠《たかしょう》がタカを仕込んで獲物をとらせるごとく、鳥を訓練したとすれば、そもそもタカが獲物を狙うごとく、カラスがダム工事妨害の習性を備えていて、それを鷹匠ならぬ平嘉平が利用したということになりましょうが、古来、カラスにそのような習性は認められず、この論法の破綻《はたん》は明らかでありましょう。

すべての鳥たちは、ダム工事に主体的判断にもとづいて反対したのであり、その判断に平嘉平はなんら関与していません。それを人間の教唆・煽動などと

言うのは、鳥たちの主体性を無視した人間本位の妄言にすぎません。

　この点の立証の必要があるならば、鳥たちのリーダーを法廷に証人として出廷させ、平摩耶の通訳によって、彼らの心中を吐露《とろ》させることがいちばんかと思いますが、おそらく裁判所はこのような鳥を「証人」ないしは証拠として採用しないでありましょう。

　天楽ダム計画がその本質においてまちがっているのは、多くの人間の生活を水没させ、その割に利水・治水上の効果もない、といった人間にとっての得失の算定いかんにあるのではなく、森、川、鳥、さらには将来世代の人間をも含む大いなる自然こそが主人公であり、その母である大自然の心を無視して、破壊を強行しようとしているからです。

　これは、天に唾《つば》する行為であり、いずれは人間自身に還《かえ》ってきます。そうならないうちに、すみやかに人間が理性的な判断にいたるよう、強く求めます。

私の刑事罰の問題など、成立しようもありませんが、そもそもこの大きな全体の文化のなかでは、争うに値しないことであります。

要するに、われわれはあの鳥、水、森、その全体の大いなる自然に感謝すべきでこそあれ、貶《おとし》めたり、ましてや破壊したりはもってのほかの行為と断ずべきでありましょう。にもかかわらず無謀な破壊行為を正当化しようとしているのが、現在の検察当局であり、警察であり、ダム工事推進につらなる人間中心主義の輩《やから》であります。

裁判官諸氏が、その先鋭なる洞察力においてこの本筋を見誤ることなければ、ますます多くの人々が、この大いなる自然の本質を理解するようになった今、全世界の共感を得ること必定《ひつじょう》でありましょう。何とぞ賢明なる判断を期待するところであります。

平嘉平の陳述が終わると、予想もしないことが起こった。皆が忘れていた天井に陣取った鳥たちが、「ルルー」とか「ピヨー」とか「ホィホィ」とか、いっせいに短い声をあげ、羽根をぱたぱたさせて平氏への声援をおくった。

「しぃーっ」と裁判官が制し、「ちぇっ」と検事が舌打ちをするまもなく、つぎの瞬間には、鳥たちはどこからともなく法廷から消えていた。

法廷に入れずに庭で裁判の終わるのを空っ風に吹かれて待っていた人々は、裁判所のなかから出てきた鳥たちに先導されて、あたり一面を占めていた数万羽とも思える鳥たちがいっせいに北方に飛び立ち、あっという間に空の彼方に姿を消すのを呆然と見送った。

法廷内では、検事が裁判官にくいさがっていた。

「裁判官、これでは法廷の秩序が保たれません。次回からは、あのような鳥を入れないように厳重な防御をしてください。同時に被告には、鳥たちにあのように勝手な声をださせないよう、きつく注意してください」

被告弁護団の角飼《つのがい》弁護士が異をとなえた。

「いや、あれは鳥たちが自身でおこなったことで、私たちには関係ありません。私たちが言ったところで聞きいれないでしょう。鳥たちも明らかにこの事件の関係者です。彼らが正規の手続きにおいて傍聴できない以上、あのようなかたちで傍聴し、しかも裁判の進行をなんら妨げなかったのですから、構わないではないですか。むしろ鳥たちの整然たる行為は感服すべきものでした」

ぶぜんとした顔で裁判官は言った。

「それは、法廷の秩序上からは困る。次回からは事前に鍵をかけて鳥を入らせないようにすることは可能でしょう。この点は裁判所のほうで徹底します」

次回の裁判の期日を確認して裁判は終わった。次回は来春三月の一五日ということになった。

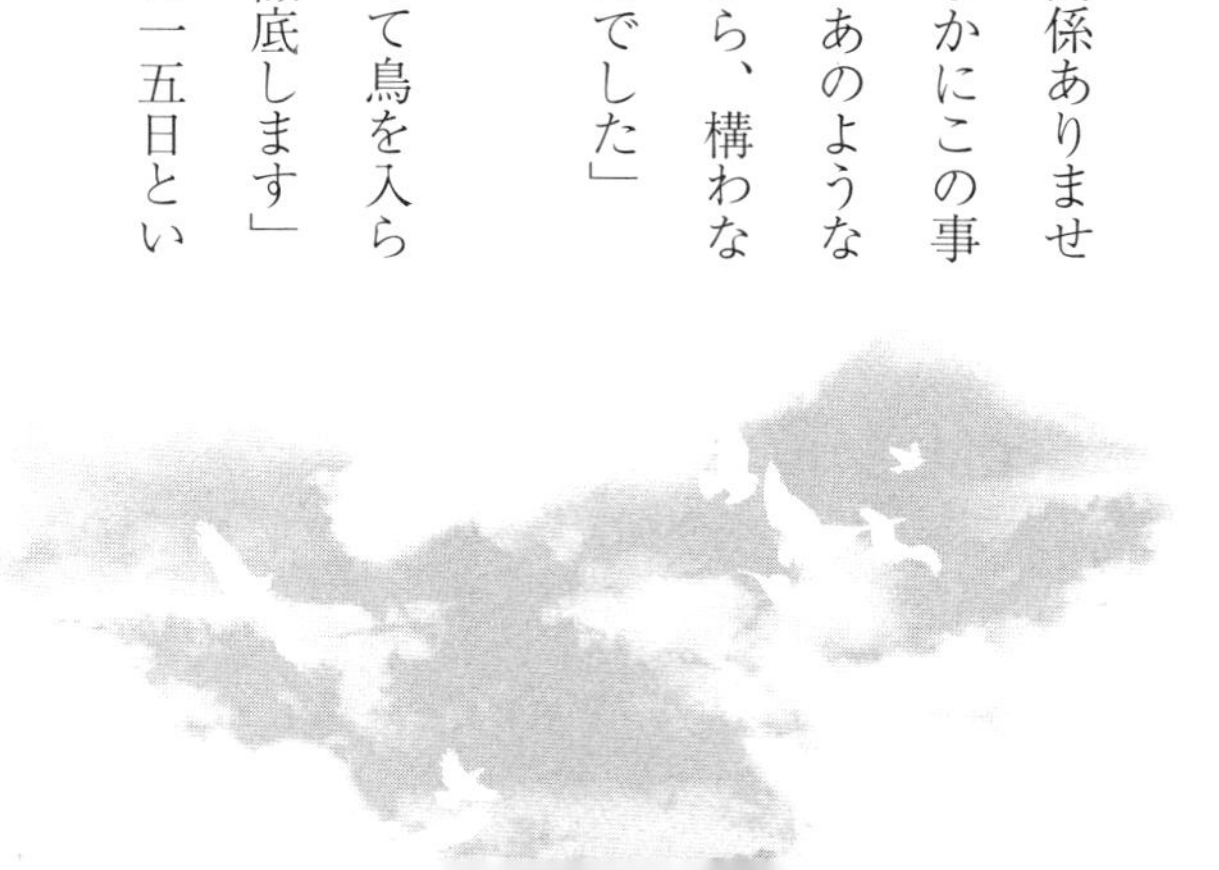

第9章

長の死

長《おさ》こと平嘉平《たいらかへい》を被告とする第二回公判は二〇〇一年三月一五日（木）の一〇時からと決まっていたが、当日に向けて弁護団の側でも忙しく準備が進められていた。

第一回の公判については、全国紙でも大きく報じられた。マスメディアが興味をもったのは、つぎの二点だった。まず、カラスを煽動して——検察側に言わせれば道具として用いて——犯行をおこなわせたとすることの特異さに加えて、ほとんどまったくといっていいほど物証のないままに起訴がおこなわれたことが第一点。第二点は鳥たちが法廷内にどこからともなく入り込んで裁判所側に追い払うすべがないという、いわば鳥たちによる占拠状態のなかで裁判が進行したことであった。

第一点に関しては、検察側の非を指摘する声がほとんどで、大牟田《おおむた》一郎の政治的圧力によって起訴に踏み切らざるをえなかった検察側を糾弾《きゅうだん》する論評も少なくなかった。わずかに大牟田の傘下《さんか》にあるといわれるL紙だけが「鳥たちを法廷に招じいれて圧力をかける」平嘉平容疑者を批判するとともに、これによって「カラスを自由に操る平嘉平の能力が実証されたも同然」と断じた。

鳥たちが法廷に入ったことは、弁護団側もまったく予期しなかったことで、あとで問い質《ただ》してみても、長すら予期せぬことであった。正直に言って、浩平はこれが世論によって厳しく叩かれ、裁判を不利に導くのではないかと懸念した。ところが、各種の論評、評価は分かれ、「神聖な法廷の秩序を乱した」とする意見があったのは当然として、他方において「この事件は明らかに鳥たちが潜在的には被告なのだから、傍聴の権利はある。裁判は整然とおこなわれて妨害にはならなかったのだし、鳥たちの行為は許される」という識者の意見を載《の》せた新聞も、一紙ならずあった。

浩平はつくづく時代の流れを感じざるを得なかった。二〇年、いやもう一〇年も前だったら「鳥たちの権利」などと書く新聞は一紙とてなかっただろう。明らかに時代に新たな風が吹いている。これなら五月のコンサートを成功させれば、反響も期待できそうだ。新たな望みがわいてきた。

検察側は第二回の公判では、ダム工事計画の認定にかかわった建設省の役人を証人として召還《しょうかん》していて、まずダム工事の必要性を公共性の立場から立証しようという意図だった。

これに対する反論の準備は、もっぱら角飼ら、専門の弁護士に任せて、浩平は摩耶に協力して、五月のイベントの準備に集中していた。岡野節子は国際電話で出演者のスケジュール調整におおわらわで、安田隆はポスター、チラシ、チケット、プログラムなど、もろもろの刷りものの準備に余念がなかった。

ところが突然の悲報が天楽谷を襲った。

二月初めに肺炎をこじらせて寝込んでいた長が、二月一三日に死去したのである。朝、病床にお茶を運んだ清子が、すでに冷たくなっている長を発見した。天楽谷全体は深い悲しみに包まれ、部落の旗印となっている平家《へいけ》の文様のついた白い旗に黒い布を結び、門門《かどかど》に半旗をかかげて長の死を追悼《ついとう》した。

才治や摩耶たち身近な者にとっては、長の死はいずれは迎えるべきこととして覚悟していたことでもあった。一族は意外に冷静にこの巨人の死を迎え入れた。故人の遺志《いし》にしたがって大きな葬儀はおこなわず、近親者だけの通夜《つや》が翌晩にてんらく館でおこなわれた。

バックの音楽には、これも故人の遺志にしたがってモーツアルトのハ短調ミサ曲が流された。レクイエムよりも長が好きな曲であることを、安田は聞かされていた。

祭壇へ置かれた棺《ひつぎ》につぎつぎと献花する人の列も途絶えようというころ、アオがいつも行動をともにするハヤブサとカラスのカー助をともなって、どこからともなく舞い降りると、花を口にくわえて人々と同じように献花をした。献花のあともアオはなかなか棺のそばを離れようとしない。摩耶が棺のふたをあけて、故人の顔が見えるようにしてやると、アオはじっと長の顔に見入った。長は静かな、ほほえみさえ浮かべた顔をして横たわっていた。

アオの目から涙がひとすじ落ちた。

しばしの対面ののち、摩耶がうながした。

「さあ、もういいでしょう。アオ。おまえはこれから、長の分まで生きるのよ。ほかの鳥たちに動揺が伝わらないように、あなたがしっかりしなくちゃ」

そうさとして、棺のふたをとじた。

アオは一瞬、うなずくようなしぐさをすると、もうつぎの瞬間、仲間たちとともに漆黒《しっこく》の空に姿を消した。

長への追悼の言葉は、石山荘太郎によって述べられた。長の強さについての短いが心のこもる哀悼の言葉であった。

長の死によって公訴棄却《こうそききゃく》となり、裁判は消滅した。被告がいなくなったのだから起訴そのものが成立しないのである。裁判としては、まことにあっけない幕切れとなった。どちらかというと検察側のほうがほっとしたのではないかというのが、もっぱらの論評だった。

裁判はたわいもなく消滅したが、問題は何も片づいていなかった。六人も死んだマイクロバス転落事故の真相は闇につつまれたままだし、ダム工事が中止されたわけではない。天楽谷を守る闘いはつづいている。とりあえずはいっさいが五月のイベントの成否にかかっていた。

それは浩平にとっては、同時に自分の一生をどう終えるかということでもあった。体調の衰えはいよいよ顕著で、薬がきれると体のあちこちに激痛が走り、呼吸にも障害がでてきた。しかし肉体的な衰弱にもかかわらず、心配して東京からわざわざ往診にきてくれた友人の医者が驚くほど元気であった。五月まではという思いが、浩平に驚異的な力を与えたのであろう。

もっともイベントそのものについては、浩平にあまりやることはなかった。全体の進行の報告を聞いて、バランスよく進行するように少しばかりあれこれ助言するぐらいであった。

浩平に残された重要な仕事は、天楽谷と焼沼一帯の調査団の最終報告書をしあげることであった。それは長の遺志を科学の言葉にして残すことでもあった。四月に二回目の調査団が入り、調査がおこなわれた。これは昨秋におこなわれた調査に加えて、さらに多くの発見をもたらし、天楽谷一帯の生態学的貴重性をうったえるのに十分な証拠がそろった。この調査報告じたいはノルドクヴィスト教授が英文でまとめ、同時にそれをすぐに翻訳して日本語版を出すことが決まった。五月三日のイベントに間に合わせようと、皆が役割分担にそって、あわただしく作業を進めていた。最終的に報告書を人々に読みやすいように、しかも説得力をもたせ、誤りなくしあげるのは、浩平の責任であった。

浩平の身体的状況を見かねて、

「誰かに代わってもらいますか」

と才治などはしきりに心配したが、もはや手放したくなかった。

「いや、これを最終的にしあげることが、僕の人生をしあげることでもあるのです」

一字一字、自らの墓碑《ぼひ》を刻む心地で、このしあげに最後の力をふりしぼった。肉体的な苦痛に耐えながらも、浩平は燃えるような日々を充実してすごしていた。そして三〇〇ページにおよぶ報告書はついに完成した。

◎天楽谷の森・焼沼一帯の生態系に関する科学調査団報告〔要旨〕

二〇〇一年五月三日

調査団

団長　J・ノルドクヴィスト（鳥類学、スウェーデン）

事務局長　草野浩平（原子核化学）

団員　M・ブレスト（森林生態学、ドイツ）

R・ホール（鳥類学、アメリカ）

野田亮平（天楽の森を守る会代表、森林学）

T・スベンソン（森林学、スウェーデン）

平嘉平（天楽谷共生会会長）

内田光正（G大学文理学部、水文学）

天楽の森・焼沼一帯の生態系を調査する国際科学調査団（以下単に調査団と記す）は、二〇〇〇年一〇月二九日から一一月一日の四日間、および二〇〇一年四月一〇日から一二日までの三日間、現地一帯に調査に入った。もとより、このような短期間で、広範囲にわたる地域の生態系全体の総合的調査を実施するには無理がある。しかし、同地域に関しては断片的ながら地元研究者や自然保護団体による長年にわたる貴重な調査観察記録があり、これらが、調査団の自由な閲覧《えつらん》に供され、調査当日にも多くの地元ボランティアの人々の協力がえられたことによって、当初の予想を上回る成果をあげることができた。

それでも、限られた調査期間と人員において、この地の生態系全体を全面調査するのは無理であるばかりか、かえって成果が得がたいと判断したわれわれは、依頼者天楽谷共生会の意向も考慮して、主な関心を、天楽谷と焼沼一帯の野鳥と森林と人間の生態学的関連においた。そして、この三者が豊かな共生の関係において存在し、その関係が長期にわたって継続されてきた生態学的にも貴重な事例であることを、全員の一致で確認することができた。

以下、具体的に述べる。

天川《てんかわ》は、大刀那川《おおとながわ》の上流をしめる水量豊富な二級河川であるが、起源はG県、新潟県境に近い黒根山の標高二〇〇〇メートル級を流れる小流まで遡《さかのぼ》ることができる。これが、天楽谷地域の天川にいたる経路には、主として標高約一五〇〇メートルの焼沼へと流れ込み、そこから天楽の森糸台地区にある千両の滝を通じていっきに天川に流れ落ちるルートと、これより西側のいくつかの支流をゆるやかに下って天川へと集合する経路がある。

大刀那川は、他の多くの支流を合流させ、G県をはじめ流域の首都圏各県の上水道のほとんど一〇〇パーセントと農業用水・工業用水などの大半を供給するまさに首都の水源であるが、天川は、その最大流域部において大刀那川流量の一〇分の一以上の流量にも達し、毎秒平均一五立方メートルにも達する。

この豊富な水を保証するのは、上流域における豊富な降水(とくに冬季の降雪)であるが、それらを天楽の森ほかの源流域の自然林が保持・集積する効果を見逃すことはできない。トリチウムによる年代測定データからは、天川の水は、降水後平均三、四年から一〇年、周辺の住民の飲用に使われる地下水は一〇年、さらに天楽谷温泉などの湧水部にあっては約五〇年前の降水であることがたしかめられている。すなわちこれは、森林の豊かな保水力によって可能となっているのであり、日本の首都圏の人々の生活にとって必須な水は、天楽の森をはじめとする大刀那川源流、黒根山系の森林の豊かさに負っていると言っても過言ではない。もちろん、これら森林が治水上も大きな意味をもっていることは言を待たない。

これらの森林は大別すると焼沼以高、約一五〇〇メートル以高の亜高山帯に属する針葉樹を主とする。木の種類は主に、トウヒ、ヒメコマツ、オオシラビソ、シラビソなどと、一部はダケカンバなどの広葉樹である。元来、この亜高山帯は高度も高く、気候も厳しく、生息する鳥の種類も限られるが、それでも今回の調査によって、ホシガラス、アマツバメ、ルリビタキ、ヤマセミ、オシドリなど一〇種を越える野鳥の営巣が確認されたのは特筆に値する。これは、この地域の豊富な植生が保証するものである。

さらに低山帯においては、ブナ、ダケカンバなどの広葉樹が主体で、これも鳥類の宝庫である。本調査においても三〇種を越える鳥が観測されたが、これまでにおこなわれた各種の観測調査にもとづけば、ゆうに五〇種を越える野鳥の生息が確実視される。とくに注目すべきは、低山帯から高山帯にかけてクマタカ、イヌワシ、オジロワシ、オオワシ、トビ、オオタカ、ツミ、ハイタカ、ノスリ、サシバなど一〇種以上の猛禽《もうきん》類が記録されていることで、この一帯は日本のなかでも有数の良好な猛禽類の生息地でもあることが明かされている。しかるに、この貴重な自然の財産を保護しようとする措置《そち》が公的機関によってほとんど顕著にとられてこなかった結果、今日では、G県北部大刀那川源流地帯の猛禽類も絶滅の危機に瀕《ひん》している。

猛禽類は、生態系の水質を映す鏡とも言える。彼らの生存は、その餌《えさ》とするウサギ、リス、テン、イタチ、ムササビ、タヌキ、キジ、ヤマドリなどの生息に依存するが、それを保証するのは、広範囲で豊富な生態系であることは言《げん》を待たない。もちろん、猛禽類だけでなく、小型の鳥類も、天楽の森に生息する昆虫類の豊富さにその生存が保証されているのである。しかるに近年、この地域においても、スキー場・リゾート地開発と称して、しだいに自然林が伐採《ばっさい》され、また農薬によって虫類の減少が著しく、これがまた小型鳥類の減少をもたらしている。

天楽の森・焼沼一帯が、これまで鳥たちの楽園として存在しえたのは、同地域の人々の努力によって、前述のようなリゾート開発から守られ、自然林が下草刈りなどを通じて適切に管理されてきたことによる。ここに、人・鳥・森の共生の関係が成立しえたのである。

しかるに、今回の建設省とG県による天楽ダム開発は、このような共生関係を破壊して生態系に決定的な損失をおよぼすだけでなく、自然景観の破壊、生物多様性への負の影響の面からも、多くの不利益が予想されるものである。

一方、建設省等によって主張される治水・利水上の利益を考えると、治水上では森林の破壊は保水性を失わせて、マイナスの効果をもたらすのは明らかであり、また利水という観点においても、現在、大刀那水系は一〇〇パーセント首都圏の利用に供せられ、この一〇年間をみるに、新たなダム工事によって渇《かっ》水《すい》時の貯水量を数パーセント程度調節することの大きなメリットは考えがたい。仮に首都圏の利水本位に考えても、これに投ぜられる莫大《ばくだい》な投資に比して、目立った効果は認めがたいことは、最近の建設省自身のデータによっても明らかである。

また、併行して計画されている焼沼一帯の貯水池化による揚水発電所建設に関しては、新潟県の巨大原発新設計画の夜間電力処理の方途《ほうと》としてのみこの計画は正当化されるが、電力設備過剰の傾向にある現在、また社会全体が再生エネルギーやコジェネレーション（熱電併給）などによって高効率化と省エネルギー化に向かおうとする流れに逆行するものであり、生態学的見地からはとても是認できない。

森林の保全は、最近世界的問題とされる地球温暖化防止のためにも望ましいことであり、森林伐採によって二酸化炭素発生を助長する方向に向かうのは、環境政策上納得しがたいことである。とくに、揚水発電所の建設が新潟県に建設および計画中の原子力発電所の建設を前提とし、その原発建設の理由が温暖化防止にあるとされるのは、まことに奇妙な理由づけと言わざるをえない。温暖化防止のためには、最初から森林を保存するほうが、はるかに有効である。

ダム計画推進派の人たちのなかにも、当初の公共事業、巨大開発の熱がさめた現代の時代状況において、この計画をどこまで従来の主張に沿って正当化しうるか、疑問視するむきもある。また、天楽の森の開発とスキー場・リゾート地開発とを結びつけることに意義を見出している推進論もある。しかし、それは、本来のこのダム工事計画の目的からすらはずれたものである。

長い歴史を通じて保持されてきた人・森・鳥の共生関係こそ、何ものにも代えがたい貴重な価値であり、財産である。この貴重な関係をあまりにも薄弱な根拠しかないダム工事によって破壊することは、地球に対する犯罪にも等しい暴挙であろう。

大刀那川源流一帯の低山地帯から亜高山地帯、高山地帯にかけて保存されてきた豊かな生態系に、本調査団は驚嘆と畏敬の念を表明するとともに、ダム工事計画の中止を強く訴求《そきゅう》する。

なお、本調査中に、調査団のメンバーで最年長であった平嘉平氏が逝去された。同氏は、その一生を通じて、天楽谷・天楽平一帯の生態系の保存につとめ、この地域が戦後日本の開発の嵐にもさらされず、豊かな生態系を持続させてきたのも、同氏の力に負うところが大きい。調査団一同は、同氏の長年の努力に心からの敬愛の意をここに表して、本報告書を同氏に献じたい。

第10章

鳥たちの舞うとき

いよいよ五月。イベントの日を迎えた。

前日から初日にかけて、ちょっとした波乱があった。どこからどう伝わったのか、三千を超える聴衆のなかに、過激な行動によって知られる国際的な環境団体のメンバーがまざり、聴衆を巻き添えにして、ダム工事現場を襲撃《しゅうげき》するのではないかという噂が県警に届いたのである。常識的には信じがたいことだが、おおまじめにこの種の噂を信じる傾向が官憲にあることは、原発反対運動に長いことたずさわってきた浩平には、周知のことだった。あるいは官憲みずからが噂をまいて、警備強化の理由にしたのかもしれない。

その上にダム工事推進派は、彼らなりにこのイベントを重視して対抗イベントをぶつけてきた。それは工事を急いで天楽谷の第一湖を完成させ、そこに天川の水を初めて流す通水式を同日に強行するというものだった。建設大臣、県知事、さらに大牟田父子などの政治家に列席してもらい、鳴りもの入りでテープカットをして、ダム工事をアピールしようというのである。上流の水路を発《はっ》破《ぱ》によってつぎつぎと通水させ、最後に第一湖に通じる水門に水が達したところで、テープカットとともに水門を開くという計画だった。この第一湖は最終的に完成する大天楽湖のごく一部をなす湖で、いずれ建設されるべき本体の湖より西側につくられるもので、治水・利水等の意義はうすかったが、これが今のところ天楽地区住民の合意をえずにできる最大の工事だった。いわば政治的セレモニーとして、

「とにかく俺の目の黒いうちに形に見えるものを完成させ、既成事実を築け」

という大牟田一郎の強い希望によって実現したものと伝えられる。

その通水式があたかも天楽平イベントのハイライト鳥たちの舞の日、五月三日に実施されることになった。まさにダム推進派の挑戦状であった。まだ雪が残る三月から工事が再開され、突貫《とっかん》工事で第一湖への水路を急きょ完成すべく、

人々が動員された。また新たに新鋭重機も投入され、とにかく五月三日に、テープカットと水門開きという段取りまで工事を進行させたのであった。もっともその工事たるや、そうとうずさんなもので、取材した二瓶耕助が
「ありゃあ、一回通水したらすぐに水門を閉めますぜ。それでもいずれは決壊まちがいなしです」
と請け合うほどのものであった。
推進派にとっては大事な大臣閣下や大牟田一郎元総裁、その息子の大牟田健一・次期自由保守党総裁候補、須賀恵三県知事を迎えての一大イベントが妨害行為にあったら一大事とばかり、県警はなんと警視庁にも応援をもとめ、三千人の機動隊員を動員配備し、天楽谷に通じる各道路に検問所を設けるなどして、嫌がらせをおこなった。ひとつには本当にお偉方に何かあったらという、地方警察特有の過剰な懸念もあったろうが、他方では、工事反対派のコンサートへ

の一般の人々の参加を制限するねらいも込められていたであろう。

五月一日の天楽谷には、そんな騒然たる雰囲気とは好対照の、新緑のさわやかな風が吹き抜けていた。

長の死によって五月のイベントは鳥と人の共生のための天楽谷コンサート（略称共生コンサート）と同時に、平嘉平追悼コンサートともなった。少し長いが正式な名称は「平嘉平追悼・鳥と人の共生のための天楽谷コンサート」と名づけられた。

第一日はプレイベントとして、内外の何人かの人々による平嘉平氏追悼のスピーチや小演奏があった。ハイライトは、新進音楽評論家として名高いウーベ・シュリーマン女史の基調スピーチで「人と自然をつなぐ新たな音楽家の創造者平嘉平」と称するものだった。

ものものしい警備にもかかわらず、シュリーマンのスピーチのころには天楽谷の公会堂は、全国、いや全世界から三千を超える人が早くも集まってきていた。一二〇〇席の大ホールでは収容しきれないので、中ホール、小ホールにもビデオ画像を流し、さらにあふれた人々は、となりの練習会館でビデオ画像を視聴するといったありさまだった。

シュリーマンのスピーチの大綱は、天楽谷の音楽会を創設した平嘉平の音楽家養成者としての役割を高く評価するものだった。人と自然との新たな関係を音楽によって表現するような、そういうまったく新たな地平の音楽家の創造を、ほとんど歴史上初めて意図した人物として平嘉平を語ったもので、会場にあつまった人々に深い感銘を与えた。シュリーマンによれば、二日目に演奏されるルツピンスキー作曲・平天平演奏の「森と鳥の歌」こそまさにその平嘉平の生みだした音楽家と演奏者の好例だった。

シュリーマンの演説内容の機微は、以下に記述する「森と鳥の歌」の演奏風景によって明らかになるだろう。

シュリーマンのスピーチのあとには、予告どおり、マイケル・テンのモーツアルト連続演奏の一環として、ピアノコンチェルト24番が演奏された。これも友情出演となったムジカ・クラシカ・ゲルマニカとの息をのむような繊細な音の協演は、聴衆に深い満足をあたえた。

二日目は、朝から内外の演奏家の友情出演による演奏があった。独唱、ピアノ、ヴァイオリン、クラリネットなど、各演奏家はみな冒頭で長への哀悼の短い言葉や、ひとときの想い出などを述べた後、演奏を長に捧げた。長への気持がこめられた演奏はいずれも秀逸で、聴衆はすっかり堪能した。マイケル・テンはこの日はモーツアルトのピアノコンチェルト25番を弾いた。

そしてこの日の締めくくりは平天平による「森と鳥の歌」であった。リトアニアの作曲家ルツピンスキー作曲の「森と鳥の歌」は、シュリーマンの予想どおりに、音楽の新しい頁を飾るといっても過言ではないものであった。現代音楽によくあるような難解なものではなく、さまざまな鳥が、ときには、あああれはホトトギス、あれはカラス、あれはトンビとわかるような音色で登場し、またときには鳥たちの歌は原型をとどめないほどに抽象化されたが、なおそれらはまぎれもなく鳥たちの歌であった。

天平のフルートによって奏でられる曲はときにはユーモラス、ときにはこれ以上はないほど悲痛に、さまざまな感情の合間をさまよっているようであったが、曲が進むにつれ、しだいに鳥たちの声は祈りともいえる、かつて聞いたこともないような清澄なフルートの演奏へと高まっていくのだった。やがてあたかも何十万という鳥のさえずりがしだいに森の静寂にとけ込み、最後に森と鳥が一体になって地上の平和を祈り、明日の命に期待するという作曲者の思いがピアニッシモの音のひとつひとつににじむエンディングを迎えた。天平の演奏も以前から評判の技巧もさることながら、作曲者とともに練習を重ねただけあって、作曲者の気持がむしろ技巧を抑制した演奏によく表され、すばらしいものであった。

聴衆は至福の時をすごした。演奏が済むと

「ブラボー!」

という歓声と拍手がなりやまず、いつ果てるともしれないカーテンコールがつづいた。

いよいよ最後の日、五月三日を迎えた。鳥たちの舞は野外音楽堂でおこなわれることになっていたが、午前中に室内の公会堂大ホールで、マイケル・テンによる連続演奏のクライマックス、モーツアルトの「白鳥の歌」ともいわれる最後のピアノコンチェルト27番K595が演奏された。

三時になると予定どおり鳥たちの舞が始まった。人々はいったい何がどういうかたちで進行するのかさえ聞かされていず、ただ大きな期待と若干《じゃっかん》の不安をもって野外ステージを取り囲んで待った。浩平とておおすじは承知していたが正直に言って期待よりは不安のほうが大きかった。まずG県フィルハーモニア管弦楽団が野外ステージでモーツアルトの最後の交響曲41番ハ長調「ジュピター」の演奏をはじめた。

するとと第一主題にのって、アオたちトンビの仲間が、文字どおりトンビの舞をきれいな円を描いて舞った。あらかじめ焼沼上空にこの時間に上昇気流が発生することを、計算していたのだろうか。鳥たちはゆったりと上昇気流に乗って、焼沼一帯に最初に小さな輪を、しだいに大きな輪を描いて舞った。

第二主題に入ると、今度はカラスたちが出てきて、トンビを真似するように舞った。

あとは大きな鳥、小さな鳥たちの音楽に合わせたオンパレードだった。いや、音楽に合わせてというより、鳥たちが自由に舞い飛び、音楽がそれをバックグラウンドとしてうまくフォローしているようだった。鳥たちのあるものは高く上空を舞い、あるものは低く人々の周りにきてさえずった。

リードしたのはトンビやハヤブサたちだったが、カラスも演技の上では負けてはいなかった。数の上では、モズやムクドリたちが圧していた。優雅な舞いを披露したのは、きちっとした隊列を組んだガンたちであった。さらに低く降りてきて人々のそばでさえずった小鳥たち、のど自慢のウグイスやホオジロやカラの仲間も人気を集めた。

あっという間に曲は第四楽章にはいり、あのド・レ・ファ・ミという有名なジュピター旋律にはいり、ふたたびアオたちが舞った。それにつづいてありとあらゆる鳥、これまでに現れてはまた森や沼に戻って待機していた鳥たちがす

べて一団となってゆっくりと舞いはじめた。

舞の輪はアオを先頭にしだいに大きくなり、それにつれて鳥の数も増えていった。何十万という鳥が空一面を埋め尽くすようになり、曲が終わるに近づくにつれて、天楽平を離れ、天楽の森に降り立つように舞っていった。曲が終わったちょうどそのときには、鳥たちは天楽の森の彼方に消えていた。

「美しい」

ため息混じりに人々は思わずつぶやいた。拍手をするのも忘れて、ただただ呆然と鳥の去った空の彼方を見つめた。しばらくしてようやく吾《われ》に返ったようにステージにたった摩耶と演奏者たちに、なり止まぬ拍手を送ったのだった。

摩耶の胸にはいつしか長の遺影が抱かれていた。

その姿を見て、浩平は言いしれぬ感慨にひたっていた。去年の秋に才治と摩耶にさそわれてから約八か月。それはかつて経験したこともないし、経験しようと思いもしなかった日々であった。鳥たちが消え去った森を眺めながら、そのひとつひとつの経験を反芻《はんすう》していた。まさにそれは、あと半年という命の期限をつきつけられた浩平にとっては、最後に天が恵んでくれたお年玉のようなものだった。ほかのどんなことをやっても、このように充実した日々は過ごせなかっただろう。半年という期限をとにかくもぎりぎり延ばしながら、八か月、このように頑張れたのも、天楽の人々のおかげであり、何よりアオたち天楽の鳥たちのおかげであった。

　この間、浩平は世間へのアピールのため、あるいは裁判のために天楽の森における人と森と鳥の関係のわかちがたい一体性、かけがえのなさについて、数多く文章を書いてきた。しかしそのいかなる文章ですら書ききれないほど、いちばん大きなものを得たのは浩平自身であったろう。この天楽の森と人と鳥たちによって人生最後の命を与えられ、自分の人生を完成することができたので

あった。

気にかかることと言えば、摩耶のことだった。この期《ご》におよんでもう摩耶をどうこうしたいというわけではなかった。しかし、せめて一言、別れの言葉とこのような時間を与えてくれたことに感謝の言葉を述べたい。あの夜のようにぎゅっと手を握りしめたい。

だが、すべて止めておこう。いま摩耶の前に出たら、もう別れがたくなってしまう。このまま会わずに行こう。浩平はそう心に決めてもう一度舞台にいる摩耶を見やったのち、その場をあとにした。

天楽谷の鳥たちの舞のイベントに先立つことしばし、下の谷のほうではダム推進派による通水式が二時から挙行されようとしていた。明らかに三時に始まる鳥たちのイベントの前になるように意図して組まれたものであった。通水は上流で一連の発破がおこなわれ、水路につぎつぎと水が導かれてちょうど二時前ごろに皆の待つ第一湖の水門に水が到達する手はずになっていた。ただ水門をあけて水を流すだけではつまらないと、わざと発破からはじめるという劇的な演出がしくまれたのであった。

ところが一時になっても発破の音がひとつも聞こえなかった。工事関係者のあいだには動揺が走った。

「おそらく発破をぎりぎりにやるのはリスクがあるので、午前中に済ませてしまったのでしょう。それなら上のゲートをふたつ開けるだけです。確実に水が届きますよ」

建設本部長はいならぶお歴々に愛想笑いを頻発《ひんぱつ》しながら間をもたせようとした。次長以下の幹部たちもただ無意味に笑いながら頭を下げて回ったが、最後の水門に水が届くはずになっていた一時三〇分を過ぎても、いっこうに水路に水は現れなかった。なにやら工事関係者があわただしく駆け回り、耳打ちして回った。やがて本部長が大臣一行がいならぶ来賓席《らいひん》にやってくると頭を深々と下げ消え入りそうな声で言った。

「申しわけありません。どうやら発破に手違いがあって、水が来なかったようです。発破の手違いなど、私たちが長年やって経験したことがないのですけれど、思いも寄らぬことでして、いやご心配にはおよびません。今朝もダイナマイトの品質は確認してあります。おそらく信管か導線のどこかに故障があったのでしょう。今、信管と導火線の取り替えをしております。まもなく終わりますので発破が実施されます。多少の時間の遅れはあるかと存じますが、三時には始められると思います。なにとぞそれまでご容赦《ようしゃ》を」

建設大臣は短気で有名な茶川栄三であった。

「君、この工事はいったいどうなっているのかね。発破なんぞで失敗するなんて、今どき、どんな工事をやっているんだ。それにしても発破なんぞあらかじめ済ませておけばいいものを、ドラマチックとかなんとか言いおって、結局この始末とは。今度は本当に大丈夫なのか。まさかダイナマイトが湿気《しけ》ていて、不発なんてことはないだろうね」

そのまさかが起こった。それから一時間も待ち、さらに三〇分待って、三時をすぎても、発破の音もなければ、水の一滴も現れなかった。紅白の幕を張り、テープを用意して今にもカットするばかりに鋏《はさみ》を構えていた人々の戯画化された姿は、取り繕《つくろ》いようもなく、さすがの大牟田一郎もただうろたえるばかりだった。

「俺は帰る。この責任はきちんと後でとってもらうよ。人を馬鹿にするにもほどがある」

大臣はあたりかまわず怒りをぶちまけると、さっさと退席してしまった。

あとに残された大牟田一郎は、天川の土手にしつらえられた来賓席の折りたたみ椅子に座ったまま呆然として、水のこない水路を見やっていた。いつもなら得意のポーズとなるはずの英国産の高級葉巻を右手にもったまま、火をつけるでもなく、ただうつろに遠くに視線を移していった。

「さすがに顔のしわも増えて、すっかり落ちこんじまったな」

取材に来た耕助も、近寄ることもできず、飛ぶ鳥を落とすと言われた時代の面影もなくした大牟田を眺めていた。

「来年の総裁選に息子の健一を立てるのはこれで絶望だな」

先を読むのが早くて有名な大牟田は、おそらくこの瞬間にそこまで考えただろう。

大牟田は席を立とうとしたが、力なくよろけそうになるのを息子の健一や周囲の者に助けられ、車のなかへと消えていった。

それを待っていたかのように、須賀恵三県知事から順番につぎつぎに下位の者に怒りをぶちまけ、列席者はその場からそそくさと立ち去った。あとには言葉もなく、さりとて現場を抜け出す気力もなく、立ちつくす工事関係者の一群だけが残った。

おりから彼らが見上げた上空には何十万という鳥たちが、舞のコンサートの最後の旋回を繰り返しながら、森の彼方に飛び去っていくのが見えた。工事関係者はただ呆然と見るともなしにその姿を見ていた。

「ちくしょう、また鳥にやられたのか」

と、舌打ちする者がいた。しかし、皆押し黙って何も言わない。

他の者がためいきをついた。

「鳥たちの舞はきれいだなあ、みごとだね」

今度は多くの者があいづちをうった。

夕日に映える天空に、鳥たちの小さな小さな芥子粒のような姿が舞っていくのが、まことに美しく、光り輝くように見えた。

第11章

エピローグ

◎摩耶から東京郊外のホスピスにいる浩平にあてた手紙

二〇〇一年六月一〇日

毎日をどう過ごされていますか。適切なケアのもとに苦痛のない静かな日々を過ごされんことを希望するのみです。

書きたいことは山ほどありますが、黙って去った浩平さんの心を最大限に受けとめ、こちらも最小限にとどめます。

コンサートの評判から。ふだんは天楽平のコンサートのことなど書いたことのない全国紙の社会面に、「共生コンサート」のことが大きく載りました。それも話題の中心はやはり鳥たちの舞のこと。あれが人間の煽動による鳥たちの空騒ぎなどとは、さすがの大牟田系のL紙すら書けなかったのです。多くの新聞は、音楽と鳥と森のみごとな調和と書き、調査団のメンバーになってくださった白嶺《はくれい》大学の野田亮平先生などは、K紙の文化欄に一文を寄せて、「ここに鳥と人と森の共生の文化が、空前の音楽的高みを創りだした」などと大はしゃぎです。もっともいちばんはしゃいだのは、鳥たち自身で、あの夜の鳥たちの興奮ぶりといったら。さすがのアオのリーダーシップもお手上げで、何十万という鳥たちが深夜おそくまで飛び交い、さえずり合って、天楽の森はお祭りさわぎがつづいたのです。

音楽的な評価は、ウーベ（シュリーマン）が、A紙の音楽欄に書いてくださったのが、やはり群を抜いています。

「ルッピンスキーの〈森と鳥の歌〉という森と鳥の音楽に関する前人未踏の佳作を生みだした天楽谷は、〈鳥たちの舞〉においてさらに新たな地平に到達した。この〈鳥たちのオペラ〉とでも称すべき傑作は、楽譜とシナリオをたどってもう一度再現しようと思っても、あの五月三日に到達した高みにおいて再現されることは永遠に不可能であろう。Gフィルと鳥たちの共演の音の質も上出来だったが、それ以上に森をわたる風、燦々《さんさん》と降り注ぐ太陽、天川のせせらぎ、何十万という鳥たちの誇らしげな乱舞とそれに呼応する地上の人々、そういうすべてがまさにあの瞬間においてしか実現しえないような形で交歓《こうかん》した。それゆえにあの場に居合わせた人は、たんに良い演奏を聴いたとか良いオペラを観たとかいうレベルをはるかに超えた至福の一時を味わうことができたのである。これはまさに天楽の森と人と鳥とが可能にしたことであるが、その可能性を切り拓きえたのは、平摩耶とトンビのアオのコンビネーションをおいては、ありえなかったろう。幸福な時間への感謝を両者にささげたい」(一部省略)。

ごめんなさい、私はウーベを持ち出して鼻高々になっているわけではないのです。彼女の言うように、あの成功はあの天楽の森のあの瞬間ということを抜きにしては不可能だったとすれば、それは、限られた命を惜しみなくそそいで皆を鼓舞《こぶ》しつづけてくださった浩平さんのおかげと感謝したいのです。

つぎに、浩平さんの気にかけている本題。

紹介した鳥たちの舞への評価でも分かるように、あのコンサートは、工事推進派に対する鳥たちの圧倒的な勝利に終わりました。

あの日の大牟田たちの無惨なことといったら。たぶん、浩平さんも、ダム工事派のイベントが通水の失敗でさんざんなことになったのは知っているでしょう。怒った大牟田は、須賀建設との契約を解消すると言い、茶川建設大臣にいたっては工事計画全体を見直すと言い出す始末。いまやダム工事は止まったも同然となってきました。

二瓶耕助さんはここぞとばかり、『上越民報』で健筆をふるい、民報は県内で読者をふやしています。この分だと、耕助さんの筆で、須賀県知事は辞職においやられ、ダムの息の根が止まるかもしれない。

実状がそう簡単なものでないことは、お見通しでしょうが、私たちの力だけでも、絶対にダムは止めます。でも、やっぱり、その決定的瞬間を見とどけて欲しい。「ぜいたく言うな」と叱られるのは分かっていますけど。

アオは浩平さんのホスピスを近々訪れると言っています。会えなくてもいい、窓の外からだけでも浩平さんの姿をちらっと見られるのではないかって。そういうことになると、アオはいつもいたって楽観的。およその地図を私から聞いて、それで大丈夫と言っています。

翼のない私は、あなたの歓迎コンサートの宵の歌のテープを送ります。「さよなら」は言いません。これ以上書いていたら破綻しそうですし、返事をもらうのもやめておきましょう。あなたは天楽の森があるかぎり、私たちとともに生きつづけてくれますものね。

あなたに会ってからの九か月で、私は生きるということがどういうことなのか初めて知りました。とても楽しく充実した日々でした、このことには、何度お礼を言っていいか分からない。最後にさよならの代わりに、もう一度だけ言わせてください。本当にありがとうございました。

摩耶のすべてをこめて、浩平さんに。

あとがき

「僕、ガンだよ」

埼玉で開業している旧友の医者に診察してもらった午後、仁さんが電話で知らせてきたのは、一九九八年の七月の暑い日でした。前の年の一二月にライト・ライブリフッド賞を受賞して以来、海外に行ったり忙しい日がつづいていて、春ごろから便秘気味でおかしいといいながらも、市販の薬でしのいでいました。

CTでみると大腸ガンが肝臓にも転移しているらしいことがわかりました。翌日慈恵第三病院に緊急入院して七月末に大腸ガン切除の手術をしたのですが、肝臓は何か所にも転移しているので手術はできないと言われました。その後癌研究会付属病院を友人にすすめられ、消化器外科の先生にみていただいたところ、手術の方法はあるとのことでした。肝臓に転移したガンが大きくなっている部分だけに血液がいかないように門脈塞栓術という前処置をして、ガンが小さい部分をふとらせ、悪い部分を切除するというのです。一〇月にはいって手術をうけ、肝臓の半分以上を切りとりました。手術じたいは成功でしたが、執刀した医師は、「予後はきびしいですね」と、肝臓だけでなく、胆のうやほかの場所にも転移があったことを説明してくれました。

仁さんは自分の病状についても、いろいろ論文をとりよせて検討した結果、手術できなければ、この年いっぱいの命だったろうとみていました。

まがりなりにも退院でき、一二月五日には高木学校連続講座第一回Bコースで「プルトニウムと市民」

の講演をすることができました。

九九年にはいって、手術の痕も少しおさまり、六回の連続講座も終わったころ、お腹の傍大動脈リンパ節という箇所に腫れがでてきて、血液検査の腫瘍マーカー値が少しずつ上がりはじめました。恐れていた転移がでてきたのです。放っておくわけにはいかないので、抗ガン剤治療をしようということになったのですが、癌研病院が混んでいて三月まで待たされて入院、四月いっぱいから五月の連休にかけて集中治療をしました。最初のうちは副作用もそれほどでなく、調子よかったのですが、抗ガン剤投与が重なると吐き気や下痢、発熱もひどくなってきました。それでもリンパ節の腫れもひき、肝臓のガンもはっきりしなくなっていることが確認できたので、もう入院しての抗ガン剤治療はこりごりと、あとは通院に切り替えました。六月以降は高木学校のセミナーなどに力をそそいでいました。

でも口内炎や下痢と便秘のどちらにも悩まされるような抗ガン剤の副作用がつづき、九月のＪＣＯの事故のときなどは、ぎりぎりの状態でテレビなどに出ていました。

二〇〇〇年の年明けぐらいから、また腫瘍マーカーの値が上がりだしたのですが、最後の機会ということで、四月の青森地裁での核燃料裁判の証言をひきうけ、二月から山のような資料をとりよせて勉強しはじめました。

このころから、痛みがひどくなっていったようです。仁さんはガンになる前から、あちこちが痛いという人でした。腰痛は学生時代からだったそうで、仕事が忙しくなると肩が痛くなり、さらに歯にきたり肋間神経痛がでてきたりして、あちこち痛がっていました。それにガンの痛みが重なったので、相当痛かったのだと思います。裁判などにでかけて外では涼しい顔をしている分、家に帰ってくると「痛い痛い」と言っていました。

五月ぐらいからは血痰もではじめ、痛みはますますひどくなるうえにあちこちに出てきて、それまでのロキソニンのような薬では効かなくなり、モルヒネを出してもらうようになりました。

腰痛にはモルヒネは効かず、神経ブロックをすすめてくださる方がいて、やってみたのですが、そのときにはおさまっても、夕方にはまた痛くなってしまうという状況でした。

ほぼ二週間に一度のペースでつづけた通院による抗ガン剤投与も、三種類目のマイトマイシンあたりでほとんど効かなくなりました。そのときの癌研病院の先生の話では、「今年いっぱい」とのことでした。

房総の鴨川の「かまねこ庵」というソーラーハウスにこの春念願かなって水道も引けたので、夏はできるだけ「かまねこ庵」ですごすことにしました。そして故郷の同窓生から送ってもらった資料や参考図書をもちこんで『鳥たちの舞うとき』の口述をはじめました。しきりに「精がきれる」とうったえ、とくに朝は呼吸が苦しいと言っていましたが、二階の部屋にこもって、テープ収録していました。

八月はじめには高木学校の読書会をやっている人たちが泊まりがけで来てくれました。タヌキの親子が呼び合いながら夕食に出てくるのを、仁さんと二人で二階の窓からワクワクしながらそっとのぞいたこともありました。「かまねこ庵」の近くには、アナグマやサル、シカ、ウサギなどが棲んでいて、東京から二時間ぐらいのところですが、夜にはアオバズクの声やカエルの声が聞こえ、野生動物が落ち葉を踏みしめる音が聞こえてきました。大空にトンビが飛んでいるさまも観ることができました。そんな環境のなかで、いっきに一一本のテープ収録を終えてしまいました。

八月のＣＴ検査の結果、すでに胸水が相当たまっていることが見つかりました。

仁さんは何もやらないで日をすごすというのは気に入らず、免疫療法をすすめてくださる方がいたので、九月に東京女子医科大学病院に入院しました。ここではペインクリニックの先生も病室に来てくださり、鎮痛剤をきめ細かく処方してくださったのですが、病気のほうが進んでいるので、すべての痛みを抑えるわけにはいかなかったようです。

一八日には聖路加国際病院のホスピスに転院しました。ここは病院らしくなく、家族の面会も二四時間自由で、仁さんはここで『鳥たちの舞うとき』のディテールをさらに書き込むことを愉しみにしていました。聖路加には六階の屋上にアウトドアガーデンがあって、入院した当初、仁さんは散歩したりしていましたが、先生は病状からは考えられないことだと驚かれたようです。「ふつうの人だったら、もう意識が混濁しているぐらい重篤です」と言われました。

最後の一週間は、一日ごとに顔が急速に変わってゆきました。食べられなくなり、アイスクリームやシャーベットがやっとでした。水分はとらなければいけないというのですが、点滴だと足がむくみますし、飲むとむせて苦しんでいました。

そんな状況でも、一〇月の三、四、五日の三日間は、もう最後だからとお見舞いの方が毎日二〇人以上来てくださり、看護婦さんが心配して「面会をご遠慮します」というカードを部屋にかけるようすすめてくださったのですが、本人に聞いたら「会う」というので、部屋にはいっていただきました。仁さんは人がわいわい集まってくれる雰囲気が好きでしたので、最後まで賑やかなことを喜んでいました。

七日の夜は長男の周君と親友のマイケル・シュナイダーさんが八時ごろまでいて、「また明日」と別れました。「この一、二日です」とは言われていましたし、実際に夜間呼吸がとぎれるときがあって、「死んでしまうのか」と思ったことが何度もあったのに、「いよいよ」とはどうしても思えなかったのです。

私には仁さんの残された時間を読み切れませんでしたが、仁さんはしきりに時計を見て、「あと何秒」と計算していたようです。

二人が帰ったあとトイレにおき、ベッドに戻ってから痛みがひどくなり、モルヒネをポンプで自動注入する装置をつけてもらいました。ふつうは一時間ぐらいで効くというのに、なかなか効かず、二時間近くなってようやく「痛い痛い」というのはおさまりました。

ただ呼吸が弱くなったようなので、いつもなら私は部屋の隅で折りたたみベッドに寝ていたのですが、ベッドのそばで籐椅子に座り「仁さん答えなくていいから」と、二人で過ごした楽しい日々を一方的に語りかけていました。夜に丹沢にシュラフをもって登り野生動物のとおりそうな場所に陣どったこと、北海道にアザラシに会いにでかけて会えなかったこと、小笠原にクジラに会いにでかけたこと……。

一一時ごろまでそうしていると、ますます呼吸が細くなって苦しそうなので、看護婦さんを呼ぶと、酸素の値が小さくなっているので、酸素吸入をしましょうと鼻にチューブをとりつけてくれました。でも仁さんはすぐに自分ではずしてしまいました。看護婦さんはうっとおしいからはずしたのかもしれないと、今度は口にしてくださったのですが、これもとってしまいました。「じゃあ酸素の量をあげて胸のところに置いておきましょう」と言って口のそばに置いてくださったのですが、やっぱり指先で測る酸素の量はどんどん落ちていくので、もう一度口につけました。

でも、本人がはっきりいやだと拒否しましたので、酸素チューブははずしました。はずしてから三〇分ぐらいで静かに眠るように逝きました。

日付は変わり、一〇月八日午前〇時五五分でした。

小説を書きたいというのは、長年の仁さんの夢でした。子どものころは科学よりもむしろ文学をめざしていたそうで、詩や小説を折りにふれて読むのを愉しみにしていました。リタイヤしたら、ゆっくり小説の構想を練りたいとつねづね言っておりました。

『鳥たちの舞うとき』は、残された時間が緊迫してから語りおろしたもので、もっともっと書き込みふくらませたいことがたくさんあったようです。できあがったワープロ原稿をていねいにチェックして、付箋をたくさんつけて「ここはもう少し書き込んでください」と言ってくださった工作舎の十川さんの期待にはもう応えられず、「僕にはもう書けないから、そのまま送り返して」と仁さんに言われたとき、「もうちょっと時間があったらね……」とこたえるのが、私には精いっぱいでした。

仁さんはあまりに原子力関係の仕事で忙しく、ぼうっと景色や鳥たちを眺めていることもできないほど、せっかちな一生を駆け抜けていってしまいました。

でも自分のメッセージを次の世代の人に少しでも伝えたいという思いが強かったようで、具合が悪ければ悪いほどこの作品に集中して、痛みや息苦しさを克服しようとしていたようです。


世界はますます明るい話題が少なくなり、暗くなる一方ですが、仁さんはいつも「〈しかたない〉や〈あきらめ〉からは何もうまれてこない、あきらめずにやってみなきゃ。人々の心のなかに希望の種をまき、いっしょに助け合いながら育てていこう」というのが口癖でした。原子力時代の終焉を見とどけられなかったのは心残りだったでしょうが、これからの社会をどのようにしたいのかは、これから生きていく人ひとりひとりが考えて実現していくことでしょう。

二〇〇〇年一〇月一六日

高木(中田)久仁子

著者紹介

高木仁三郎（たかぎ・じんざぶろう）

一九三八年七月一八日、群馬県前橋市に生まれる。六一年、東京大学理学部化学科卒業（核化学専攻）。日本原子力事業、ＮＡＩＧ総合研究所核化学研究室勤務をへて六五年、東京大学原子核研究所助手となり、宇宙核化学を研究。六九年、東京都立大学理学部化学教室助教授となり、七二年から七三年までマックス・プランク核物理研究所客員研究員をへて帰国後に辞職。七五年に原子力資料情報室設立に参加し、専従世話人となる。八六年より同室の代表をつとめ、脱原子力社会の実現のために東奔西走の日々をおくる。

九七年、スウェーデンの財団が環境・平和運動につくした人に贈るライト・ライブリフッド賞を受賞。賞金約三七〇万円を基金にして「次世代の市民科学者養成」を決意し、九八年八月に「高木学校」を設立。相前後して大腸ガンがすでに転移していることがわかり、原子力資料情報室代表を辞任。その後も入退院をくりかえしながら、同室理事および高木学校校長として活動する。

二〇〇〇年一〇月八日午前〇時五五分、永眠。

著書は『プルートーンの火』（社会思想社教養文庫、一九七六）、『プルトニウムの恐怖』『プルトニウムの未来』『市民科学者として生きる』（岩波新書、一九八一、九四、九九）、『いま自然をどうみるか』（白水社、一九八五）、『マリー・キュリーが考えたこと』（岩波ジュニア新書、一九九二）、『宮沢賢治をめぐる冒険』（社会思想社、一九九五）、『市民の科学をめざして』（朝日選書、一九九九）、『証言　核燃料サイクル施設の未来は』（七つ森書館、二〇〇〇）ほか多数。

鳥たちの舞うとき

：：：

発行日　二〇〇〇年一一月二〇日第一刷　二〇〇一年三月一〇日第三刷

著者　高木仁三郎

編集　十川治江

エディトリアル・デザイン　中村友和（ROVARIS）

印刷・製本　文唱堂印刷株式会社

発行者　中上千里夫

発行　工作舎 editorial corporation for human becoming

〒150-0046 東京都渋谷区松濤2-21-3

phone : 03-3465-5251　fax : 03-3465-5254

URL: http://www.kousakusha.co.jp

e-mail : saturn @kousakusha.co.jp

ISBN-4-87502-338-3